Micheline Boudet

Viens voir les comédiens

Albin Michel

22, rue Huyghens, 75014 Paris

ISBN 2-226-09276-5

À Geneviève Casile

« Le mauvais comédien indispose.
Le bon tranquillise.
Le grand inquiète. »

Georges Perros

Prologue

Ô toi, qui que tu puisses être, lecteur, spectateur, ou simplement curieux, te plairait-il de soulever comme un voile indiscret le pan de velours sombre derrière lequel s'agite un monde étrange qui se transmet depuis des générations la grandeur et la dérision d'un « métier futile qu'il faut faire sérieusement » ? Ceux qui l'exercent avec une allégresse parfois teintée de cruauté, une ivresse tantôt truffée de drôleries, tantôt entachée de déceptions, sont courageux, passionnés, vulnérables.

On peut les appeler comédiens, tragédiens, acteurs et même baladins ; et, si l'on est moins indulgent : cabotins, bouffons, histrions, ringards, farceurs, hypocrites, gugusses, fantoches, et pourquoi pas... artistes.

Avant tout, tu l'as compris, c'est un divertissement que je te propose. Une sorte d'impromptu de coulisses où apparaîtraient pour toi les mystères de notre univers.

Alors, si le cœur t'en dit, donne-moi la main, passons ensemble de l'autre côté du rideau, levons le voile, ou le « torchon », si tu préfères l'argot du métier, et... viens voir les comédiens !

1

Tous en scène !

« Il n'y a rien de plus futile, de plus faux, de plus vain, de plus nécessaire que le théâtre. »

Louis Jouvet

Une conversation édifiante, avec un ami optimiste qui m'annonce que l'Opéra n'existe plus, que le théâtre est à l'agonie, le cinéma mourant et la littérature en pleine décrépitude, me laisse bien embarrassée.

Car enfin, à part la danse, la comédie classique, la comédie moderne et l'écriture, moi je ne sais rien faire. Ah si ! Pardon, je sais faire les valises ; je n'y ai pas grand mérite ayant été à la belle époque du Théâtre-Français un véritable « globe-trotter ». C'est ma mère, avec son parler vif, qui me lançait souvent cette boutade :

— Ma chérie, tu n'as que deux aptitudes réelles, jouer la comédie et faire les valises.

Cette boutade me donnait de terribles complexes quant à la confection de la tarte aux pommes ou à l'art de dépoussiérer les meubles. Plus tard, le féminisme aidant, je compris qu'il n'y avait pas plus de honte à être mauvaise ménagère que bonne comédienne, et c'est dans ce sens que j'axai mon existence. Et, puisque valises il y a, je vais peut-être bien boucler les miennes une dernière fois, non sans y avoir entassé tout ce que ma mémoire a enregistré de mots, d'événements, d'incidents et de comportements d'acteurs, admirables ou ridicules, mais le plus souvent attendrissants.

Qu'on se rassure, mon dessein ne consiste en aucune façon à disserter de l'art du théâtre ou à prodiguer des conseils plus ou moins pompeux au futur Figaro, à la future Agnès et aux autres qui désirent se jeter dans le magnifique tumulte du métier ; je me contenterai de dire à chacun d'eux : « Fais ce que tu aimes aussi bien que possible. Dis-toi que le déroulement d'une carrière ne sera pas forcément le fruit de ta volonté. La plupart du temps tu ne choisiras pas, tu seras choisi. Si certains de tes camarades te méprisent parce que tu ne joues pas chez Peter Brook ou chez Lavelli, réponds-leur que ni l'Un, ni l'Autre ne t'ont prié de venir jouer chez eux. Tu peux même ajouter — je t'y autorise — que ce n'est pas parce qu'on est au sommet de la Colline qu'il faut cracher sur le Boulevard. »

Permets-moi donc de te révéler la physionomie de notre métier par le truchement de sa petite histoire. Souviens-toi que Mérimée plaçait les anecdotes au premier rang de la littérature, et de l'Histoire n'aimait qu'elles. « Ce sont les anecdotes qui peignent le mieux les hommes, affirmait Léautaud, elles montrent en quelques lignes les caractères et les passions. »

Si tu veux en savoir plus sur l'étrange faculté de dédoublement de l'acteur, lis *Le Paradoxe sur le comédien* de Diderot ; pour tout ce qu'il faut apprendre du travail des personnages derrière lesquels on doit s'effacer, Figaro, fie-toi à Stanislavski ; Jouvet t'apprendra ce qu'est « Le Comédien désincarné » et Edward Gordon Craig, « L'Art du théâtre » sous un aspect contraire au point de vue de Diderot.

Fils de l'actrice Ellen Terry, d'abord acteur puis metteur en scène et théoricien anglais, Craig refuse le jeu psychologique de l'acteur et s'écarte du réalisme mais se penche sur toutes les techniques de la scène. Sa rencontre amoureuse avec Isador Duncan et son voyage à travers l'Europe le conforteront dans la vision d'un acteur quasi dépourvu d'émotion qu'il appelle la « sur-marionnette ».

Il n'est pas de mon ressort de me mesurer à ces « têtes » qui se sont penchées sur un métier dont personne ne connaît vraiment les lois, et moins que quiconque quelques sorbonnards aux idées confuses débarquant dans la profession munis de grandes clefs avec lesquelles ils n'ont jusqu'à présent ouvert aucune porte.

Mon objectif est tout autre : je veux que tu assistes au « remue-méninges » que le rideau cache au public. Viens voir les comédiens !

Tu entendras les acteurs, leur humour, ils en ont, leurs mots, ils en font. Sans parler de tout ce qui échappe à leur volonté : péripéties des répétitions, impedimenta des représentations, incidents de toutes sortes : la perruque qui tombe en scène, la poignée de porte qui reste dans la main, la carafe de faux vin rouge qui se répand sur la robe de la mariée, les contrepèteries involontaires et les mémoires défaillantes.

Autrement dit, la petite histoire, chère à Mérimée, jetée ici et là sans souci de chronologie.

Mon ami Bernard Minoret, dont les connaissances historiques et littéraires sont aussi inépuisables que le tonneau des Danaïdes et qui aime à me prodiguer les plus judicieux conseils, est dérouté par mon projet.

— Je ne comprends pas très bien, dit-il, comment tu vas pouvoir sauter d'une époque à l'autre pour en faire surgir des individus disparates, et trouver moyen de te glisser au milieu d'eux. Est-ce un journal que tu mijotes ?

À vrai dire je n'en sais, pour l'instant, pas plus que lui. Je vais me « balader [1] » pour la seconde fois dans le passé, dans le présent, au gré des images qui m'entraînent. On pourrait appeler cela « Portraits-Souvenirs » pour peu qu'on se réfère à Cocteau, ou « Memoranda » si, comme moi, on s'adonne à Barbey d'Aurevilly. Vu sous cet angle, c'est peut-être un journal en effet, la vie n'étant après tout qu'un trait de plume.

C'est le théâtre itinérant qui m'a paru le plus représentatif de la vie à la fois intense et dérisoire du baladin. Molière n'a-t-il pas commencé par là ? J'ai conté jadis, en détail, les fastueuses tournées du Théâtre-Français, tournées nous menant aux quatre coins du monde dans des conditions de luxe n'ayant d'égales que le triomphe du répertoire classique dont nous étions les ambassadeurs. L'eau depuis a coulé sur la scène...

De l'antique roulotte du Capitaine Fracasse à l'au-

1. *La Baladeuse*, Albin Michel, 1975.

tocar qui, de nos jours, transporte sa somme de talent et d'intonations, la tournée théâtrale est toujours source d'aventures.

Le fait de voyager ensemble, de prendre ses repas en commun, et surtout de changer chaque soir de public multiplie chicanes et épisodes comiques. Nous nous contenterons d'y assister dans des périodes assez proches de nous, de crainte, en remontant trop loin dans le temps, de composer un ouvrage de la taille du dictionnaire Larousse.

La première histoire de tournée se situe aux environs des années trente aux États-Unis d'Amérique.

Bien avant que la mode n'en vienne en France, les Américains « rodaient » leurs spectacles en province.

À son époque, l'acteur John Barrymore faisait, dit-on, de nombreuses conquêtes. C'était aussi un grand professionnel, l'un n'empêchant pas l'autre. Il avait décidé d'incarner le personnage de Hamlet et, avant le triomphe espéré de New York, se faisait applaudir à Philadelphie, Memphis, etc.

Un jeune acteur de la troupe donnait son avis sur tout et croyait embarrasser ses camarades de questions qu'il jugeait fort pertinentes. Un soir, à Boston, il entre assez cavalièrement dans la loge de Barrymore et lui lance d'un air avantageux :

— À votre avis, monsieur Barrymore, Hamlet couche-t-il avec Ophélie ?

— Oh, répond le Prince de Danemark en rajustant sa perruque, sûrement pas avant Chicago !

Après Barrymore, sautons — si je puis dire — d'un séducteur à un autre avec notre Arsène Lupin national, Georges Descrières, préparant le personnage de Dom Juan et nous disant à table dans un restaurant de Berlin où nous représentions *Le Bourgeois gentilhomme* :

— J'ai compris le rôle : au premier acte il y a *une* phrase, au deuxième acte il y a *deux* phrases, au troisième acte il y a *une* phrase.

Alors, la ravissante Hélène Perdrière de sa voix scandée, chantante :

— C'est un rôle court !

Pendant ce temps, à Paris, l'administrateur du moment s'inquiète auprès de Bourseiller, le metteur en scène, de la façon dont il allait diriger Descrières :

— Oh, il a une belle démarche, je le ferai marcher, répond Bourseiller.

Et, de fait, on ne vit jamais Dom Juan plus déambulatoire. Ce qui ne l'empêcha pas, en compagnie de Jacques Charon, superbe Sganarelle, de remporter un vif succès.

Les applaudissements, les compliments sont pour nous une sorte de manne céleste, un baume qui caresse doucement le charmant ego qui est le nôtre. Aussi ne ferai-je pas mine de les dédaigner. Mais, à la longue, certaines fadeurs ne nous paraissent guère en rapport avec le don que nous estimons faire de nos précieuses personnes.

Cette houle qui vient vers nous devrait rester une et indivisible. Chaque spectateur pris séparément peut devenir facilement exaspérant, telle cette dame qui, à Toronto, affirmait m'avoir vue à Paris dans une pièce que je n'ai jamais jouée. En dépit de mes dénégations elle n'en voulut pas démordre et me lança :

— Vous l'avez jouée au moins une fois : le soir où j'y étais !

C'est d'ailleurs la même qui me complimenta à l'issue de la représentation du *Jeu de l'Amour et du Hasard.* Je jouais Lisette ; on se souvient que celle-ci troque ses vêtements, et sa position, contre ceux de Silvia qui souhaite sous ce déguisement éprouver les sentiments de Dorante, son futur époux.

— Ah, bravo ! me dit la belle Canadienne. Vous êtes aussi bien dans la patronne que dans la boniche !

Marivaux n'avait pas de chance cette année-là. Quelques mois auparavant, avant d'entrer en scène, en matinée, dans *Les Serments indiscrets,* Véra Korène, trop serrée dans son corset, avait expulsé la totalité de son déjeuner sur sa robe de satin vert d'eau. Tandis qu'une habilleuse la délaçait et qu'une autre tentait de faire disparaître la tache offensante, Denis d'Inès, doyen de l'époque, demanda à Robert Hirsch :

— Que se passe-t-il donc ici ?

— Oh rien, monsieur le doyen, nous jouons du Marivaux marengo, répondit Robert.

J'ai eu la chance, un après-midi de mai, dans les jardins du Palais-Royal, de recevoir de la bouche de Madame Colette cette définition du bonheur :

— Le bonheur ? C'est changer d'emmerdements ! me dit-elle de son accent rocailleux.

C'est peut-être ce qui rend les acteurs heureux, les emmerdements, ils en changent souvent... Parfois, en scène, ils doivent affronter certaines situations inattendues, voire pénibles. Les anecdotes frisant la catastrophe sont par la suite motifs à provoquer notre hilarité, mais sont dans l'instant assez indigestes.

Quand de Max interprétait la tragédie de *Prométhée* dans les arènes de Béziers, enchaîné à son rocher imaginaire, il jouait en tenue d'Adam mais affirmait :

— Je me mets nu avec beaucoup de pudeur.

De Max était un tragédien d'origine roumaine, très beau, mais au caractère difficile. Il portait généralement des bagues à chaque doigt, et vraisemblablement était dans la vie « artistiquement incliné », selon l'euphémisme cher à Jean-Pierre Grédy. De Max atteignait souvent au génie. Quant à sa générosité, elle était proverbiale : son appartement, ouvert à tous, comportait dans son vestibule une coupe remplie de pièces d'or et d'argent dans laquelle ses amis pouvaient puiser selon leurs besoins.

Revenons aux arènes de Béziers.

On avait fait plusieurs essais infructueux pour donner au public l'illusion du vautour indispensable à l'action de Prométhée. Quelqu'un eut enfin l'idée heureuse d'habiller un gamin de grands morceaux de tissu brun qui, lorsqu'il ouvrait les bras, donnaient exactement l'impression d'un vol d'oiseau. L'enfant s'agitait de son mieux autour du malheureux martyr qui lui offrait son foie à dévorer, dans une pause plastique faisant valoir la perfection de son anatomie. Comme le gamin s'attardait un peu trop, de Max, exaspéré, lui lança un coup de pied avec l'ordre de se tirer de là, tout de suite. Le petit trébucha, perdit l'équilibre, dégringola sur les gradins. Alors dans les arènes silencieuses, toutes tendues de l'angoisse des spectateurs, on entendit soudain le cri du rapace, dont l'accent méridional échappait à la mythologie :

— Oh Mamang ! ! !

Le soir même, après cet incident, de Max accabla la souffleuse d'injures les plus crues, parce qu'il avait eu un trou de mémoire, et qu'elle n'avait pas su le secourir. Celle-ci fut choquée. Non pas des injures, c'est une profession qui en reçoit plus que de compliments, mais parce que, dit-elle, « monsieur de Max s'était permis de me tutoyer ».

Dur métier que celui de souffleur.

De Max, après Béziers, se retrouva à Bucarest, sa ville natale.

Heureux d'être dans son pays, le tragédien s'attendait à un accueil triomphal. Or, non seulement ses compatriotes manquaient de chaleur, mais les critiques trouvaient son Hamlet « gamin, équivoque, falot ». Il remporta un peu plus de succès avec Néron, mais toujours sans hommage particulier de la part des Roumains.

Enfin, le soir de la dernière, après le quatrième acte, il vit entrer sur scène deux hommes portant une énorme couronne de lauriers. Bouleversé d'être enfin reconnu, heureux, en larmes, de Max envoie des baisers, des mercis à la foule, et retourne dans sa loge, comblé.

Il ignora toujours que ses camarades, désolés de la tiédeur de ses compatriotes, s'étaient cotisés pour l'achat de la couronne glorieuse.

Les couronnes royales, mon amie Geneviève Casile en a porté plus d'une sur sa jolie tête. La maison de Molière a fondé notre amitié, que les années ont fortifiée dans une confiance réciproque, où l'estime a sa part et le rire une bonne place. Un rire qui sert de fond à nos solides coups de fourchette, à nos conversations tantôt légères, tantôt graves. J'essaie de l'aider dans ses interrogations, elle m'assiste dans mes souffrances. Nous citons C.G. Jung ensemble : « Âme et corps ne sont pas séparés, ils sont une seule et même vie. »

Nous l'avons éprouvé toutes deux chacune à notre façon.

Geneviève a la passion de son métier. Elle n'envisage pas de rester loin de la scène. La scène lui rend sa passion fort heureusement.

Cet amour du métier l'a parfois entraînée sur d'étranges pentes, en particulier quand elle a joué à Versailles *Le Cid* devant les colonnes du Trianon. Il pleuvait ce soir-là, comme toujours lorsqu'on joue en plein air.

On attendit que l'averse s'arrête. C'était presque la fin de la pièce. Chimène alias Geneviève se précipita vers le roi, suivie de Don Diègue — Jean Davy —, en s'écriant : « Sire, Sire, Justice » ! Et fit son entrée... sur le derrière !

Avec beaucoup de mal, luttant contre le fou rire, elle récupère sa dignité et se retourne pour prendre à témoin don Diègue : horreur ! Jean Davy, en train de travailler en coulisses le rôle qui devait le mener à Carcassonne pour le festival, avait oublié d'ôter ses lunettes !

Devant ce don Diègue en lorgnons, la belle Chimène voit fondre une partie de son désespoir.

Avec habileté elle parvient à déguiser les hoquets de fou rire en sanglots, quelle artiste!

Un soir, sur ma demande, elle rassemble ses souvenirs :

— À une réception donnée en Suisse en l'honneur du Français, Pierre Dux, toujours élégant, chemise brodée à son chiffre, costume sombre, s'insurge contre bon nombre de comédiens qui l'exaspèrent.

— Vraiment, dit-il, avec tous ces pédés!

Alors, Geneviève, malicieuse, regardant la belle chemise :

— Et vous-même, monsieur l'administrateur, avec vos initiales…

Leur conversation ne s'est pas poursuivie au-delà de ce bref échange. Pierre Dux était un grand artiste, mais son sérieux et sa position officielle s'accommodaient mal de ce genre de farce.

Pourtant, lorsque nous jouions ensemble *N'écoutez pas, Mesdames,* il tomba dans son propre piège. Il devait appeler au téléphone l'un de ses confrères antiquaires, et au lieu de : « Bonjour cher ami, ici Daniel Bachelet », il lança avec une grande autorité : « Bonjour cher ami, ici Pierre Dux. »

Le public, bien sûr, a suivi et partagé son hilarité.

Quand il m'arrive de voyager dans le passé qui m'est cher, deux images de tournées se présentent à mon esprit. La première se situe dans le site grandiose des vestiges du théâtre de Delphes : Hirsch, comme un fou, escalade les gradins avec toute l'agilité qui le caractérise. Je lui crie :

— Où vas-tu, Robert ?

— Tu vois bien, crie-t-il, je cours... je cours à la ruine !

L'autre image surgit de Los Angeles où nous jouons l'éternel *Bourgeois gentilhomme* que nous avons promené sous toutes les latitudes. La troupe a été reçue l'après-midi dans les studios d'Hollywood. Sur le plateau, Kirk Douglas, aimable, nous fait les honneurs du décor et pose avec nous pour la photo de famille.

Le soir, arrivée au Greek Theatre, immense salle en plein air (il pleuvait sans doute !), je passe dans la loge de Denise Gence qui s'apprête à devenir l'autoritaire Madame Jourdain. Elle est en corset et jupon blanc ; dès qu'elle me voit, elle se met à tourner sur elle-même comme une toupie puis s'arrête, et, souriante :

— Ça y est, tu vois, Micheline, je pourrai dire que j'ai tourné à Hollywood...

Cette fois, si vous le voulez bien, chers amis lecteurs ou spectateurs, c'est en France que je vais vous entraîner.

Il s'agit d'une pièce pleine de poésie et d'une cruauté légère due à la plume de mon cher Victor Lanoux. *La Ritournelle,* accueillie au Théâtre Antoine par les hôtes parfaits que sont Daniel Darès et Héléna Bossis, nous a valu un très long et très grand succès. J'aimais mon rôle assez dur, un rôle de fille butée et incompréhensive vis-à-vis de sa vieille mère dont la tête se perdait dans les rêves de sa jeunesse.

Ma surprise fut grande lorsque Victor m'annonça que le personnage de la mère serait tenu par Sim. Quelle idée étrange ! En réalité c'était une idée follement originale et une rencontre à laquelle je ne m'attendais guère. Donner la réplique à la « Baronne de la Tronche-en-Biais » me paraissait sûrement aussi saugrenu que pour ladite baronne l'idée de travailler avec une sociétaire honoraire. Eh bien, tout de suite, le couple s'est révélé harmonieux. Sans doute parce que aucun de nous deux n'avait la « grosse tête », sans jeu de mots !

Maman Sim, avec son sarrau à petites fleurs, ses bas de coton, ses pantoufles et sa perruque blanche, était l'aïeule la plus crédible qu'on puisse imaginer. Nulle grimace ne venait altérer l'authenticité de la vieille Madame Bellerive. Dès le premier effet de rire passé, au lever de rideau, les spectateurs entraient dans l'histoire sans être un instant gênés par le travestissement du comédien. Le plus beau compliment quant à la justesse de son interprétation vint d'un pompier de service qui me demanda, au bout d'une heure de spectacle, à quel moment il allait enfin voir Sim entrer en scène.

Quant à Victor Lanoux, il était précédé, bien à tort, d'une réputation d'ours au caractère difficile : nous avons répété sans qu'aucun éclat ne vienne rompre le cours du travail. Notre amitié s'est nouée et se poursuit encore. Il m'appelle Mimi, je l'appelle Totor. Nous avons des souvenirs comme un vieux couple.

Il n'a pas échappé au rituel des évanouissements de Boudet. Pas d'affolement, il y a un demi-siècle que je tombe dans les pommes, en scène de préférence.

La salle du Théâtre Antoine était pleine à craquer. Victor avait choisi son jour pour venir voir ses interprètes. Il me reste cette vision : moi, par terre, en coulisses après qu'on eut baissé le rideau. J'entrouvre à peine les yeux et les oreilles. Debout à mes pieds, Victor éploré articule ces mots réconfortants :

— Je t'en supplie, Mimi. Sauve la recette ! Sauve la recette !

Je trouve la chose si drôle que je reprends mes esprits et mon rôle illico, non sans avoir ingurgité double ration de calcium. Et j'ai sauvé la recette — Totor était rudement content. Il n'a pas regretté la somptueuse couverture de cachemire qu'il m'avait offerte le soir de la première. Agréable tout de même de jouer un auteur vivant. Celui-là est d'une générosité désarmante...

Nous avons notre cantine où nous nous rendons en général pour déjeuner dans les jardins élyséens chez Ledoyen, cinq ou six fois l'an. L'un de ces jours-là, notre conversation glisse assez vite vers un badinage un brin licencieux. Je soupire :

— Dire que j'ai tant aimé la chose... Et maintenant... il faudrait me payer...

— Ah oui ? Combien ? questionne aussitôt Victor en se tordant de rire.

Ce grand bourru serait-il un galant homme ?

L'exploitation de *La Ritournelle* à Paris touchant à sa fin, on nous proposa de la poursuivre à travers la France.

C'est avec des sentiments mêlés qu'un comédien, ou une comédienne, donne son accord pour s'aventurer quatre mois dans des villes de province. Il — ou elle — est souvent persuadé qu'il va passer à côté du rôle de sa vie sur une scène parisienne.

Il va lui falloir quitter sa famille et le doux ronron de son confort. Il devra affronter chaque soir un nouveau public, se maquiller dans des loges différentes, partager l'existence de camarades dont le caractère ne sera pas forcément à l'unisson du sien. Il lui faudra endurer leurs humeurs, leurs bobos, leurs indignations, leurs bouderies, leur mal de dos, leur mauvaise mine, leur rage, leur désespoir et autres gastrites.

— Alors, Micheline, tu la fais, cette tournée ? questionne Sim.

L'envie qu'il a de me garder à ses côtés me touche. Il me sent hésitante. Il argue du succès que nous aurons, du plaisir que notre bonne entente nous garantit, sans parler du beurre que nous mettrons dans nos épinards.

Il y a dix ans que je ne suis pas partie en tournée. J'ai tant voyagé à travers le monde, je n'avais plus guère envie de bouger. Mais à la réflexion, plus cigale que fourmi, n'ayant su engranger le plus petit morceau de mouche ou de vermisseau, force m'est de travailler si je veux continuer à vivre décemment.

Une fois la décision prise, les dates arrêtées, les sordides questions d'argent discutées, ainsi que les clauses publicitaires, j'entreprends la préparation des fameuses valises chères à ma mère.

Pour ces longues semaines d'absence il manque toujours un indispensable pull, une paire de mules pour accompagner le peignoir soldé à prix d'or... Il faut des chaussures chaudes pour les jours froids, du maquillage pour la scène, du démaquillant pour la ville, une bouillotte pour les lits souvent glacés des hôtels, et surtout des tas de crèmes de jour et de nuit, nettoyantes, raffermissantes, hydratantes, enfin épatantes, dont les publicités racoleuses vous certifient qu'elles ne feront qu'une bouchée de vos rides, de vos ridules, de vos bouffissures, sans parler des petits capitons qui se plaisent à orner vos hanches.

Confiante et bernée, j'achète le tout. Je me sens plus légère, il n'en va pas de même de mon nécessaire de toilette alourdi de pots, de tubes, de flacons, qu'il va me falloir porter et supporter d'étape en étape, payant d'une arthrose de l'épaule droite l'hypothétique fraîcheur de mes joues.

Nous allons sillonner la France, la Navarre, la Suisse, et la Belgique de part en part, enjambant tous ces pays sans la moindre pudeur, de Montpellier à Charleroi, de Genève à Aulnay-sous-Bois, de Monte-Carlo à La Chaux-de-Fonds. Avec pour leitmotiv la musique du « Dénicheur » choisie par Victor Lanoux pour sa *Ritournelle.*

Nous débutons à Versailles, le 9 février de l'an de grâce 1990. À peine ai-je l'œil ouvert que je me fais empoigner l'estomac par un petit démon que je connais bien, le trac.

Eh quoi, me direz-vous, le trac ? Après avoir joué la pièce trois cents fois ! ? Est-ce possible ?

Oui, c'est possible. Non, ne me demandez pas pourquoi. Ne demandez pas pourquoi le parachutiste a peur en sautant, ni pourquoi le torero a peur en entrant dans l'arène. Je vous entends comme si j'y étais, me repartir, avec une saine logique, que ceux-là risquent leur vie. Nous aussi ! En tout cas nous en sommes persuadés. Ce que nous ressentons ? Un ascenseur qui monte et qui descend dans la poitrine, les pieds gelés, les mains moites, une boule épaisse qui se loge dans la gorge pour mieux vous rendre la voix blanche. Sans parler des genoux qui jouent des castagnettes ; pour certains les vomissements, pour d'autres le déchirement des entrailles. Que faire alors ? Tout et rien : faire son signe de croix en répétant merde comme une litanie, tripoter nerveusement une patte de lapin porte-bonheur, invoquer tous les saints du paradis. Avaler un café pour le tonus, accompagné de deux Sympathil pour le plexus, et toucher du bois à tout hasard...

Notre répétition versaillaise n'est pas positivement une partie de plaisir. Les techniciens découvrant le déroulement de la pièce donnent leurs signaux à haute voix. Les éléments de décor entrent trop tôt ou trop tard, la musique reste en rade et les comédiens aussi, qui tentent de placer leur texte à défaut de pouvoir vivre la situation de leurs personnages.

Victor nous demande de nous arrêter, ce qui nous coupe notre élan, puis de repartir, ce qui nous coupe les jambes et nous embrouille la mémoire. É-PUI-SANT ! Là-dessus, le metteur en scène ordonne :

— On répète la pièce dans l'ordre, en costumes, allez vous changer, s'il vous plaît !

Voici l'un des instants où la question se pose de savoir ce qui a bien pu vous pousser à choisir pareil métier. J'ai mal aux pieds, mal au dos. Il faut dire que, non contente de jouer, j'exécute, sans pitié, la valse, le tango, en montrant mes jambes telle Leslie

Caron dans *Un Américain à Paris.* À cette différence près qu'elle avait alors vingt ans et que j'en ai… un peu plus…

En regagnant ma loge par les coulisses mal éclairées, je me prends les pieds dans un câble et vais donner du genou sur un poids qui ne devrait pas se trouver là, mon collant neuf est condamné, je saigne. Quand je vous dis que c'est un métier dangereux. Versailles nous est compté un bon prix, la soirée est triomphale, n'ayons pas peur des mots, il ne nous reste plus qu'à commencer le périple qui nous tiendra quatre mois hors de la capitale.

Notre chariot de Thespis, une Mercedes bleu pâle, est piloté par Hervé Moncany. Il cumule (il faut bien vivre) les fonctions triplées d'administrateur, de chauffeur et d'acteur, interprétant le personnage délicat, mais combien gratifiant du maire qu'on attend tout au long de la pièce et qui fait un « tabac » en arrivant au baisser du rideau.

Notre installation dans la Mercedes sera la même pendant notre périple. Au côté d'Hervé, Sim fait des mots croisés, des mots d'esprit et suce des bonbons à la menthe. Il renonce en effet à fumer dans la voiture, respectant mon horreur du tabac, et craignant un malaise de sa partenaire. Outre cette courtoisie qui le prive de son vice, Sim s'est donné la délicate mission de nous découvrir un endroit agréable pour déjeuner, calme si possible et loin de la pollution des grandes cités.

Hervé, par bonheur, est pourvu de tout ce que le Guide Michelin, Gault et Millau, Relais et Châteaux ont su réunir pour la joie de nos palais. Ces dictionnaires de la gastronomie sur les genoux, Sim déploie la carte routière et repère le département qui va nous voir débarquer aux environs d'une heure. Selon l'importance de nos appétits qui, grâce au ciel, sont en général conformes, nous jetterons notre dévolu soit sur un petit bouchon sympa avec une fourchette, et nous aurons d'excellentes surprises, soit sur un établissement sophistiqué avec étoiles, châteaux rouges, toques blanches, et nous aurons quelques désenchantements.

À l'arrière du chariot, allongée telle une reine fainéante, la tête posée sur un large oreiller, les jambes sous un plaid, je partage mon temps entre lecture, sommeil et émerveillement devant la variété des paysages que nous traversons. Je ne me prive ni de commentaires à haute voix, ni de conversation avec mon cruciverbiste préféré, écorniflant souvent mon prochain qu'il m'arrive de ne pas aimer comme moi-même. Pardon, mais un bon mot se fait bien souvent sur le dos de quelqu'un, je n'y peux rien.

Dans une seconde voiture, Pierre Cassignard, mon fils de comédie, est aux commandes. Il cumule lui aussi les emplois de chauffeur et de comédien. Quand on débute dans ce métier, qu'on est, comme il se doit, au-dessous du titre, on est aussi démuni qu'un bébé dans ses langes ; comment refuser alors la petite somme allouée par la direction pour cette fonction supplémentaire ? Voilà pourquoi, du haut de ses vingt-quatre printemps, Pierre prend en charge les soixante-dix-sept berges de Teddy Bilis devenu vieil accordéoniste pour les besoins de la pièce.

J'allais oublier le grand maître des cérémonies, celui sans qui nous ne saurions exercer notre coupable industrie, le grand chef des Galas Karsenty-

Herbert. De la compression des deux noms propres, il a créé un patronyme ressemblant fort à celui de ces personnages de dessins animés dont l'armure étincelante et la tête casquée d'acier font frémir devant leur télévision tous les enfants de France. Je vous le présente, le voici, invincible et gourmand, disert et barbu, c'est le redoutable « Galkaber ».

Dans quelques villes de son choix, il nous rejoint, nous invite à souper, manifestant l'intérêt qu'il nous porte en fonction de l'argent qu'on lui rapporte. Il se réjouit de notre succès, vient nous saluer, nous félicite, m'appelant généralement Monique ou Nicole, reprend trois fois de la tarte aux prunes et disparaît au petit matin dans un nuage de fumée.

Cette fois, vous avez tous les personnages. Notre voyage vous donnera une idée précise de la vie des baladins, des comédiens, des magiciens... qui arrivent !

2

Entrez, entrez, c’est ma tournée !

« Le public s’amusera, disputera, s’échauffera, dans un mois tout finira ; dans cinq semaines tout s’oubliera. »

Voltaire

Rien n'est plus différent d'un jour qu'un autre jour, et rien ne ressemble moins à une représentation qu'une autre représentation.

Grisés par les fastes versaillais, tout nous permettait de penser, sur la lancée de pareille réussite, que nous allions voler vers de nouvelles victoires.

Las, nous allions payer cher nos quatre jours de triomphe et nos illusions.

Le lendemain, à Clichy-la-Garenne, c'était le coup du lapin !

Rares sont les comédiens qui aiment les matinées du dimanche. C'est la concentration, le mystère de la nuit qui conviennent à la célébration de Thalie. L'après-midi nous évoque plutôt les matinées récréatives du temps de l'enfance. En l'occurrence, l'enfance du public de la Garenne vient surtout du fait qu'il y retourne, ayant depuis longtemps dépassé les soixante-quinze ans de moyenne d'âge.

Nous avons droit au sifflement des sonotones mal réglés, aux ronflements que procure une digestion lente, au bruit des toux et des catarrhes, sans parler des commentaires à haute voix :

— T'as vu, Vanessa ? Il a repris du gâteau !

— Vise un peu les cannes de la vieille !

— Oh, la fille, comment qu'elle parle à sa mère !

— Il est marrant, le p'tit vieux, avec son accordéon.

Nous, sous le feu roulant de ces naïvetés, contre vents et marées nous avançons, stoïques, sans mot dire, mais en maudissant, vous pouvez m'en croire.

Côté coulisses, c'est aussi peu reluisant. Zouzou, notre habilleuse parigote, me fait observer que le don généreux d'une savonnette et d'une serviette, comme dans un « clandé », dissimule ordinairement quelques carences. En effet, la coiffeuse est une table... instable, recouverte d'un tissu assez propre ma foi, mais ne comportant ni glace, ni éclairage.

Pour me maquiller il me faut faire une série d'allées et venues entre la coiffeuse et le lavabo, ma boîte de poudre tombe dans l'eau, et comme je n'y vois rien j'extrais à tâtons de ma trousse encombrée un crayon rouge afin de me noircir les sourcils.

La présence affectueuse de Zouzou n'y peut rien. Ce jour-là il n'y a pas de prise pour la cafetière qu'elle transportera durant tout le voyage. C'est le premier arôme que nous humons dans chaque ville en arrivant au théâtre. Il y aura même petits gâteaux secs ou soupe chaude pour ceux qui ont faim.

Mais nous avons à peine quitté Paris. Nous sommes à Clichy-la-Garenne, et pas au bout de nos peines ! En effet, il nous arrivera bien sûr de nous produire au cours de notre itinéraire dans de vrais petits bijoux à l'italienne mais certains soirs nous débarquerons dans d'anciennes salles de cinéma, ou dans des sortes de halls de gare qui se veulent « Palais des Congrès » et qu'on baptise ordinairement du nom malodorant de « lieux ».

La tournée se poursuit par la Belgique.

À Bruxelles, la salle est bondée. L'optimisme qui s'empare de nous à cette annonce sera pourtant de courte durée. La sono n'est pas au point, le décor est de guingois, nous avons le plus souvent le visage dans l'ombre, tout nous dit que le spectacle n'est pas rodé malgré Versailles et la Garenne.

Succès tout de même en dépit de cet étrange public belge qui rit peu aux effets prévus ou alors, ainsi que le dit Baudelaire, éclate de rire quand on lui dit simplement qu'il fait beau.

Après un souper dans un bistro au service d'une lenteur accablante, je retrouve ma chambre du Métropole. Une chambre immense et triste à l'image de mon âme, de couleur foncée.

Au réveil, le cauchemar. Plus de voix, la gorge brûlante, je téléphone tant bien que mal au concierge qui m'envoie un médecin. Diagnostic : état grippal, laryngite, pharyngite. Antibiotiques. Au lit toute la journée, pourvu que je puisse jouer. Beau départ de tournée. Les idées noires flottent avec moi dans la chambre chocolat au lait. Je somnole et me réveille, petit paquet flasque et sans ressort. Vers cinq heures de l'après-midi j'essaie ma voix, pas vraiment timbrée mais je jouerai ce soir, ce métier parfois absurde étant avant tout un métier de courage, sache-le, future Andromaque.

Minuit. Tout s'est à peu près déroulé normalement. Sim et Hervé étaient allés au théâtre dans l'après-midi afin de vérifier les éclairages défectueux. Le public, moins guindé que la veille, nous ovationne. À la fin de la représentation ma voix est presque revenue, en revanche ma gorge est d'un beau vermillon et j'ai du mal à déglutir.

Je peux quand même, le lendemain, déjeuner avec Marie-Claude, l'épouse modèle de Sim, dans une taverne. La gaieté nous saisit quand elle tente, en vain, à l'aide d'une calculette de transformer les francs belges en francs français. Le garçon m'apporte pourtant l'addition, je demande si le service est compris, il me répond avec le plus grand sérieux :

— Oui, madame, le service est compris mais le pourboire n'est pas inclus (à lire avec l'accent).

Six heures du soir, départ pour Liège. C'est ici un Opéra énorme qui nous accueille. L'orchestre bâché devient proscenium, nous éloignant encore du public. Nous, et notre petit décor, devons ressembler à des modèles réduits. Le rire des spectateurs éclate avec un tel retard que nous sommes déjà passés à la réplique suivante quand il nous parvient.

Pierre, voulant vérifier la taille de la salle avant la représentation, est monté aux troisièmes galeries et il est resté coincé dans l'ascenseur. On le récupère *in extremis,* dix minutes avant le lever du rideau. Désormais il restera côté coulisses.

En relisant mes notes de l'époque, je m'aperçois combien j'étais en mauvaise santé ; après la grippe s'est déclarée une crise d'arthrose. Puis, à la suite de la prise d'antibiotiques, j'ai eu la bouche envahie par des aphtes. « Good Aphtes Noon », murmurait Sim, impitoyable.

À la vérité, j'ai fini par comprendre que c'était

mon moral qui provoquait ces maux. Je sentais que ma vie était à un tournant et que je ne pouvais plus composer. Liberté, solitude, indépendance : pour conquérir ces biens-là je devrais rompre des liens, ce ne serait pas facile.

Il est vrai que Bruxelles remuait quelque peu les souvenirs de ma jeunesse. Nous avions beaucoup joué ici jadis avec le Français au Théâtre Royal du Parc. Le directeur, M. Lejeune, maniait la gaffe avec entrain.

Nous venions de donner une pièce de Marivaux, et Oscar Lejeune offrait un souper assorti de l'inévitable discours que nous attendions avec impatience ; nous ne fûmes pas déçus ! Son propos portait sur le fait que les acteurs étaient « malgré tout » des êtres humains.

Il prit des exemples sur le vif :

— Vous, mademoiselle Boudet, vous êtes une femme ; vous, monsieur Piat, vous êtes un homme, vous, monsieur Escande, vous êtes... un grand artiste.

Nous avons pouffé dans notre assiette, y compris Escande qui assumait avec panache son homosexualité, ainsi qu'en témoigne cette fameuse réplique lancée à Verdun. Entre deux représentations, le soir de relâche nous permettait un dîner fin dans le meilleur restaurant de la ville. La bonne chère était l'une des joies de notre hédoniste. Pourtant après le repas bien arrosé, quand il demanda une seconde eau-de-vie de mirabelle, le maître d'hôtel, prévenant, le mit en garde :

— Si elle vous voyait, que dirait votre femme, monsieur ?

— Oh ! dit Escande le Magnifique, ma femme ? Elle fait son service militaire !

Qu'en eût pensé Oscar Lejeune ? Une autre fois, c'est Lise Delamare, aussi belle qu'intelligente, qui eut droit à la subtilité du directeur du Parc.

— Au souper, annonce-t-il à Lise, vous serez placée à côté du ministre de l'Instruction publique.

— Mon Dieu, dit la comédienne avec humour, comme c'est bien ! Justement, moi qui n'ai pas d'instruction.

— Oui, mais vous avez la beauté ! repartit l'homme délicat.

La Ritournelle continue son périple...

Arrivés au Luxembourg, les éléments nous sont favorables. Dans un relais de campagne nous nous octroyons un délicieux déjeuner. Il fait un temps de rêve. Ma joie de vivre congénitale refait surface. Le soir, devant une salle archibondée, Teddy a des soucis accordéonistiques. Au lieu d'entendre l'air du Dénicheur préenregistré à l'intérieur de l'instrument, celui-ci fait un petit bruit mourant qui ressemble fort à une incongruité — fou rire à peine retenu des participants.

C'est décidément la soirée de Teddy. Après avoir parlé de la mer Blanche en place de la mer Rouge, il oublie « qu'il en a *vu* » et nous annonce « qu'il en a *fait* » de toutes les couleurs.

En sortant de scène, Sim conseille à Teddy de consulter un « ventrologue » :

— C'est vrai, tu sais, c'est dangereux de faire de toutes les couleurs.

Le public malgré cela nous comble, riant quand la pièce le demande, retenant son attention dans les moments émouvants, un public selon nos vœux.

À Mons, après deux cent cinquante kilomètres de route sur pavés nous allons grelotter directement au théâtre sur un plateau glacial. À ma question : « Qu'est-ce que ce ronflement qui propulse de l'*air froid*? », le concierge répond fièrement : « C'est le chauffage, madame. »

Ce soir Teddy, par inadvertance, a conservé sa montre personnelle. L'action se situe l'après-midi, et quand Marguerite Bellerive demande l'heure, au lieu de quatre heures, l'acteur donne celle marquée par son chronomètre :

— Il est neuf heures et demie, madame.

À Bâle, tandis que je suis en coulisses avec Simus, nous entendons un long silence. Teddy a une absence de mémoire.

— C'est le fameux trou de Bâle, dis-je à Sim qui pleure de rire.

En revanche, le lendemain alors qu'il fait un parcours sans faute, Teddy présente ses excuses :

— J'ai eu des hésitations ce soir, dit-il, désolé.

Quant à moi, Madeleine, je n'en ai aucune quand je lance avec autorité cette inversion insolite en parlant de ma mère dont la surdité m'exaspère :

— Aussitôt que quelque chose la débranche, elle se dérange !

J'ai cru que Pierre allait s'étrangler.

En soupant tous ensemble après le jeu, on se détend. On se raconte quelques inversions restées célèbres dans notre petit monde telles que :

« Le bruit de la malade a réveillé la voiture » ou,

« On vient d'apporter un marquis pour Monsieur le tableau » ou bien,

« En sautant du poignet, je me suis foulé le balcon » ou encore,

« Je laverai mes seins dans le vent de mon père » lancé par une Chimène sur laquelle on dut baisser le rideau en raison de l'hilarité qui secouait la cour du roi d'Espagne.

Oui, il nous est souvent difficile de garder notre sérieux. Si le public a compris et rit avec nous, nous sauvons notre honneur. En revanche, s'il ne comprend pas, il croit qu'on se moque de lui et se vexe avec raison.

Au cours du repas, d'autres anecdotes nous reviennent.

Un acteur médiocre se plaignait à Rip :

— Mon rôle est bien ingrat.

Le célèbre auteur de revues lui répondit :

— Soyons juste, vous n'avez rien fait pour lui.

Une actrice célèbre, fâchée avec la langue française, assurait se sentir légère comme un « fœtus de paille » et appelait les dames du trottoir des « paratechniciennes ».

C'est l'une de ces dames de petite vertu que Tristan Bernard supplia, un soir d'hiver, alors qu'il venait de déraper sur le sol verglacé :

— Madame, vous qui faites le trottoir, vous ne pourriez pas le faire moins glissant ?

Sim, Teddy, Pierre et moi regagnons l'hôtel à pied le plus souvent ; il arrive que nos joyeux souvenirs réveillent les habitants.

Dijon. Bon théâtre. Bonne représentation.

— « Ils » sont excellents, dit Sim, un peu perdu

après nos prestations du Bénélux, c'est comme si on retrouvait le public français.

En coulisses, assis sur nos chaises, je le regarde, lui prends la main et, miséricordieuse : « Vous savez, chère madame, que Dijon est en France. » Notre fou rire est tel que, pour la dixième fois, je suis sur le point de rater mon entrée.

Mauvaise nuit. Le vent siffle, la tempête souffle, mais nous ne ronflons pas. Les rhino-pharyngites fleurissent comme les forsythias. Sim et moi nous repassons nos miasmes sans vergogne.

La gloire médiatique de mon partenaire, le fait qu'il soit reconnu partout, pour ne pas dire poursuivi, ne le pare d'aucun prestige à ses propres yeux. Dans un restaurant où nous dînions après le spectacle, un convive, d'une autre table, prit pour moi un ton mondain :

— Permettez-moi de vous féliciter, madame.

Puis, hélant cavalièrement mon camarade :

— Hé ! Sim ! viens un peu que je te parle !

L'interpellé revint vers nous en soupirant :

— C'est la popularité, dit-il, accablé.

Le Havre, joli port de pêche. Il faut traverser un long couloir souterrain avant d'atteindre les coulisses, descendre trois marches, puis grimper sur une caisse, oui une caisse à savon, pour accéder enfin au plateau. Le public, pour une fois, n'est pas séparé de nous par des kilomètres, il est *sous* nous. On lui joue sur le nez. Le rideau de fond, dit pendillon, n'est qu'une vieille serpillière qui remonte par à-coups en se gondolant (elle a bien de la chance) pour laisser apparaître la toile de fond qui naguère représentait les ombrages de Robinson et qui, privée de la magie de l'éclairage, ne laisse voir que de mauvais plis et des poussières verdâtres.

Bizarrement, chaque fois que nous avons une « galère » le public se montre enchanté. Ici c'est du délire. Je fais un énorme effet sur Criquetot-Lesneval, non parce que je suis meilleure que d'habitude, mais parce que c'est un pays du cru. Pierre, avec son imitation de marin hissant le grand foc et larguant les amarres, se paie un vrai tabac. Il doit y avoir des navigateurs dans la salle.

Côté loges, c'est plus propre qu'à Mantes-la-Jolie où les merguez cuisaient sur les radiateurs et si l'eau n'est pas chaude, le lavabo, lui, est neuf, c'est déjà ça.

Sim, assis en tailleur dans une chaise longue coincée contre le mur, mord tristement dans un sandwich que lui a apporté Pierre. Il plaisante, l'air sinistre :

— Tu vois là l'image même de la réussite, ma chère Mimi.

Je le regarde :

— Eh oui, c'est Le Havre de disgrâce !

Quand tout va mal — le décor refuse de glisser, la toile s'accroche, nous bafouillons à tour de rôle, les loges sont sinistres et l'hôtel tragique —, nous disons :

— C'est homogène aujourd'hui.

Malgré cela, un public joyeux et des salles pleines nous permettent de pallier ces inconvénients.

C'est vrai qu'il faut parfois un sacré courage. Je suis courageuse, dit-on, je n'ai pas le choix. C'est un métier, je suis mariée avec lui pour le meilleur et pour le pire. Alors vous croyez, vous, qu'on rigole ?

Évidemment, on rigole ! Parce que si on joue,

c'est bien pour s'amuser, contrairement à ce que certains prétendent.

N'empêche, drôle de vie ! Pour passer de l'Opéra de Strasbourg au misérable cinéma du Havre, il faut de la souplesse, une souplesse physique, morale, vocale, et beaucoup d'amour ; mais ça, on l'a tous dans le sang.

C'est ce qui m'apparaît quand, levés tôt à la suite d'une mauvaise nuit, on supporte trois cents kilomètres en car ou en voiture, qu'on a tout juste le temps de passer se rafraîchir à l'hôtel et qu'on se retrouve dans une loge inconnue pour « se faire une tête ». C'est l'heure atroce du refus. On donnerait tout au monde pour ne pas s'habiller, pour aller se coucher. Et puis on se maquille en soupirant. L'œil s'agrandit grâce aux cosmétiques, déjà on se sent une autre. On dégage les bigoudis (pas le temps d'aller chez le coiffeur), on passe la robe, on a les mains et les pieds glacés, le cœur réduit. Puis on entre dans l'arène. On s'échappe du quotidien ; même si ce n'est pas Racine qui nous emporte, on se régénère. Plus de mal de dos, de mal de tête, de mal de pieds, plus de coup de blues, plus d'états d'âme. Il faut jouer.

Comment ne pas évoquer *La Mouette* de Tchekhov :

> *Je sais à présent que dans notre métier, artiste ou écrivain, peu importe, l'important n'est ni l'éclat ni la gloire, tout ce dont je rêvais ; l'important c'est de savoir endurer.*

J'aurais aimé écrire ces lignes. Plus près de nous et moins littéraire, Coluche compare l'ambition à une colline qu'il faut gravir :

On grimpe, on grimpe et arrivé en haut : circulez il n'y a rien à voir !

Où sont les fastes d'antan ? Les tournées avec la Comédie-Française, l'hôtel Plazza à New York, les palaces au Japon, les chambres grandioses à Moscou, le Liban, Baalbek, les grands hôtels avec piscine de l'Équateur, cette vie de milliardaire que nous vivions sans en avoir les moyens, comble du luxe.

Grâce à ce métier, avoir pu contempler les Pyramides et le Sphinx, la Vallée des Rois, Karnak, Louqsor, Jérusalem, les palais de la Neva à Saint-Pétersbourg, le Kremlin, Rome, Florence, Milan, Sienne, Naples, Tolède, Madrid, le Portugal, Londres, Vienne, Chicago, Washington, le Canada. Et partout des musées admirables, de quoi remplir ses yeux et enrichir son esprit. Quelle jeunesse privilégiée. C'était après la guerre, et tous ces pays étaient avides de culture française.

N'exagérons tout de même pas ma décadence. J'ai triomphé dans quelques capitales françaises : Villeneuve-sur-Lot, Brive-la-Gaillarde, Montauban, Chambéry, Perpignan, Besançon, Limoges, La Rochelle, sans omettre Saint-Cloud, Colombes-la-Garenne, et l'inoubliable Vernouillet qui mérite bien un léger détour... parce que nous n'avons pas pu y jouer.

Le saviez-vous ? Il y a en France deux Vernouillet. L'un non loin de Mantes-la-Jolie, l'autre près de Dreux. Pierre Cassignard, toujours au volant, et Teddy à son côté sont pris un soir d'octobre, à la sortie de Paris, dans des encombrements dont ils ne sortent que pour rencontrer le pire des orages. Malgré l'itinéraire prévu et la carte de la région, criant victoire à la vue du panneau annonçant enfin Vernouillet, ils s'engagent dans la mauvaise ville, cherchant en vain sous des torrents d'eau l'apparence d'un théâtre qui pourrait les rassurer. Noir complet.

Pendant ce temps, Hervé nous ayant amenés au bon Vernouillet — non sans difficulté, car l'endroit est désert —, nous butons sur une mine désaffectée qui porte le nom élégant de « Atelier à Spectacle ». C'est une sorte d'immense hangar que le régisseur nous découvre, en écartant le rideau avec un geste de père faisant apparaître à ses enfants les splendeurs d'un arbre de Noël. Le choc est rude. Des centaines de chaises alignées, en polystyrène à peine reconstitué, promettent aux spectateurs un confort précaire. Par politesse, celui qui ce soir ne sera pas ma mère et moi-même essayons de trouver les mots les plus flatteurs et prenons des airs admiratifs pour désigner « la Salle des fêtes ».

— Non, rectifie le brave homme vexé, c'est une « Salle à spectacle », mille vingt-huit places.

— Ah ! dit Sim, consterné, qui continue à chercher une parole originale, c'est vraiment... c'est très grand.

— C'est un lieu récupéré, précise notre cicérone.

Encore un lieu, qu'est-ce que je disais ? Voilà une soirée qui ne sent pas bon. On se demande par quel miracle l'équipe a pu faire tenir le décor. Il n'y pas de cintres, pas de poulies. Tout tient à l'aide de ficelles, de fils de fer, de palans de fortune.

Si à Mantes-la-Jolie, où sont en train de s'égarer nos deux camarades, on se préparait dans les loges enfumées du parfum des merguez, ici je me maquille dans l'odeur du boudin. Il faut bien que les techniciens reprennent des forces. Dommage qu'ils préfèrent le boudin au jambon !

Le temps passe, la salle se remplit, on rajoute des chaises. Pierre et Teddy ne donnent aucune nouvelle. L'angoisse commence à nous étreindre. Après renseignements, la police de la route fait savoir que les bouchons et l'orage ont beaucoup retardé les automobilistes en général, et sûrement nos deux camarades.

— Il y en a un qui a trop de bouteille, et l'autre qui n'en a pas assez, comment veux-tu que ça ne bouchonne pas ? conclut Sim, logique.

Dans la salle, le public, assis maintenant depuis une bonne heure, tape du pied et des mains et hurle : remboursez ! sur l'air des lampions.

Il faut faire une annonce. Mais comment ? Sim, déjà habillé en Marguerite Bellerive, risque de griller l'effet du début de la pièce. En vitesse il ôte sa perruque et sa robe, enfile son pantalon, ayant gardé dessous ses bas de coton et ses charentaises d'aïeule.

On l'applaudit. Il explique ce qu'il ignore avec le maximum de conviction et réclame un quart d'heure de patience. Il est sur le point de se faire lapider, quand enfin quelqu'un téléphone et annonce du nouveau. Les deux comédiens font tout pour venir. Mais leur voyage risque de prendre au moins cinquante minutes. C'est-à-dire qu'ils seraient là à l'heure du baisser de rideau. Inenvisageable. Tout ce monde à rembourser, à calmer. Nous récupérons nos tenues de ville, frustrés et navrés pour nos malheureux partenaires. Cette fois

Simus laisse le directeur annoncer la bonne nouvelle sous les quolibets de la foule rageuse.

Et les malheureux techniciens qui ont sué sang et eau toute la journée en pure perte, quel gâchis !

Le directeur nous offre tout de même le champagne et les petits fours pour nous remettre du grand.

Une dame très maquillée, d'une blondeur irréelle, vient sur moi, pincée, m'affirmer qu'elle ne croit pas un mot de cette histoire. En me contenant, je tente de lui expliquer que nous n'avons aucun intérêt à annuler le spectacle, et qu'il n'y a pas plus désespéré au monde qu'un acteur qui ne joue pas. Alors quatre ! Je sens qu'elle n'est pas convaincue ; agacée, je tourne les talons.

Nous rentrons à Paris en état de manque.

Plus tard, quand cette triste épreuve s'estompera, Vernouillet deviendra une sorte de leitmotiv ironique :

— Où sont mes pantoufles ?

— À Vernouillet.

— Où est passée Zouzou ?

— À Vernouillet.

— Où jouons-nous demain ?

— À Vernouillet.

— Attention, un Vernouillet peut en cacher un autre..., etc.

La honte et le désespoir de Pierre sont emportés par les énormes éclats de rire dont il a le secret. Pauvre Cassignard ! Il s'en souviendra, de sa première tournée.

Trois mois ont passé, trois mois d'aléas, de joie et d'épuisement.

Montpellier, dernier soir, dernier hôtel. Tout

conspire à notre tristesse, même si au moment du tango je joue les Cendrillon en expédiant malencontreusement mon escarpin gauche au premier rang d'orchestre. Nous réprimons notre rire à grand-peine. Mes souliers crient grâce; eux aussi sont au bout du voyage. Chacun de nos gestes en scène et en coulisses nous murmure: c'est la dernière fois. Le public ne peut pas le savoir. On le dirait cependant, il n'a jamais été aussi enthousiaste. Ce qui attise nos regrets. Pierre se lève tôt le lendemain pour rentrer seul à Paris dans la grosse voiture de la production, Sim, Teddy et moi prendrons la voie des airs.

À la fin du spectacle, mon fils occasionnel est venu me dire bonsoir dans ma loge. Je lui souhaite bonne route pour le lendemain. Il m'embrasse, s'éloigne, revient sur ses pas, m'embrasse encore.

— Vous sentez bon, dit-il.

Il y a dans sa voix quelque chose de cassé.

La prochaine fois que je le verrai sur scène je serai dans la salle; il remportera un vrai triomphe sous la direction de Gildas Bourdet dans le double personnage des «Jumeaux Vénitiens» de Goldoni.

Après chaque parcours on sait qu'on a abandonné en même temps que son personnage un peu de soi-même. La famille se disloque, avec laquelle on a entretenu des rapports particuliers qui renaissaient chaque soir des cendres de la veille, la Famille Phœnix. Nous donnerons encore à Rueil une ultime représentation quelques jours plus tard. Mais le fil est rompu. Nous avons repris notre vie parisienne. Nous faisons de notre mieux. La salle est comble.

Victor vient pour cette dernière et nous emmène

tous souper au Bœuf sur le toit. Il est content du spectacle. On s'amuse beaucoup. On se quitte aux alentours de trois heures du matin, tous gaillards. Apparemment en tout cas.

On se promet de s'appeler, bien sûr, on va se revoir. Tout le monde s'embrasse.

On a eu du succès partout, on s'est amusé, on a souffert, on a ri, c'est ça une tournée !

Et cette grosse boule au fond de la gorge alors, c'est quoi ?

3

La Comédienne prise à son jeu

« Le théâtre est le premier sérum que l'homme ait inventé pour se protéger de la maladie de l'angoisse. »

Jean-Louis Barrault

« Le problème de Jean-Louis Barrault, c'est qu'il aime trop le théâtre. »

Jean Vilar

On m'a toujours parlé de Victor Boucher comme d'un exemple : « l'honneur de notre profession ».

Aujourd'hui, c'est ainsi que je verrais André Dussollier, servant son métier sans esbroufe ni éclats médiatiques ; avec un bon goût et une modestie qui pourraient à beaucoup servir de modèle.

Son talent s'en trouve ennobli, son jeu épuré. Tout comme son prédécesseur Debucourt, c'est la douceur, la caresse des inflexions rares qui priment d'abord qu'on l'écoute. Puis, selon l'état du personnage qu'il incarne, cette voix prend une soudaine ampleur qui ne déparerait pas une tragédie racinienne. Quel Titus il ferait...

Un soir de février, répondant à l'appel affectueux de Nicole Garcia, je me suis rendue au Théâtre de la Madeleine. Elle y jouait avec lui *Scènes de la vie conjugale*, superbement adaptée par Jacques Fieschi. Elle battait le rappel des amis d'André afin de lui souhaiter, à son insu et publiquement, son anniversaire.

Au dernier rappel, tous ces amis, célèbres ou non, descendent le long de l'orchestre et s'amassent au pied de la scène.

André Dussollier revient saluer, tenant Nicole par la main, quand éclate au micro la musique de l'universel « Happy Birthday » que tout le monde reprend en chœur y compris le public. L'acteur reste une seconde interloqué puis éclate de rire et, s'adressant aux spectateurs :

— On ne peut donc rien cacher !

Il fait un petit discours disant son émotion, sa gratitude et le rideau tombe enfin dans la gaieté générale.

Il nous retrouve bientôt au bar du théâtre en compagnie de Nicole Garcia et de mon ami Fieschi.

À ses côtés je célèbre l'événement au champagne, notre péché mignon.

André me remercie, me prend dans ses bras, me remercie encore…

Je ne m'attarde pas. Je rentre chez moi, des petites musiques dans la tête. Musiques d'autrefois à peine oubliées, à peine tues.

Il y a vingt ans, à sa sortie du Conservatoire, le jeune André fut choisi par un réalisateur de télévision pour être mon partenaire dans *Le Plaisir de rompre.*

On me le présenta : une sorte de page vénitien extrêmement mince et pâle. Il y avait dans son comportement un curieux contraste de timidité et d'audace. Une voix de velours, des yeux de velours et un sourire à la damnation de toutes les dames qui devaient y succomber.

Nous répétions à cette époque aux studios des Buttes-Chaumont, dans une grande pièce triste aux fenêtres sales. Une trace de peinture au sol délimitait symboliquement les murs du boudoir où je recevais l'ancien amant qui, sur le point d'épouser une jeune fille du meilleur monde, venait rompre avec la femme mûre : celle qui lui avait enseigné l'élégance vestimentaire, l'usage du monde et... l'amour. La pièce de Jules Renard est un petit bijou. Les répétitions nous en faisaient découvrir toutes les facettes. Nos regards s'accordaient chaque jour un peu plus — un peu trop.

Quand Marthe prie Maurice de lui rendre un portrait d'elle qu'il a conservé, il refuse. Elle insiste :

— Il vaudrait mieux me le rendre ou le déchirer que de le jeter au fond d'une malle ?

Le jeune homme répond :

— Je tiens à le garder et je dirai : c'est un portrait d'actrice qui était admirable dans une pièce que j'ai vue...

Je cite de mémoire les mots de Jules Renard. Mais je n'invente pas ceux qui suivirent et furent murmurés à mon oreille :

— Et c'est la vérité... je vous assure.

Oui, c'était vrai en partie. Il me le conta par la suite. En débarquant de sa Savoie natale, le futur comédien avait assisté au Français à une représentation des *Fausses Confidences*. Je m'y laissais aller avec et sans pudeur aux manigances amoureuses d'Araminte.

Il ne mentait donc pas tout à fait. Mais je lui trouvais tout à coup un certain toupet, à ce débutant. Je ne lui demandais rien, moi ; je n'avais rien fait pour recevoir ce coup de violoncelle. À moins qu'un regard dont je n'avais pas été maîtresse ne m'ait trahie malgré moi.

La répétition se poursuivit, je me sentais mal à l'aise. Vint l'heure de la pause ; nous nous rendions tous ordinairement au pub où les acteurs avaient pour habitude de se rafraîchir. Ni le metteur en scène, ni son assistante ne pouvaient se joindre à nous ce jour-là, par hasard, ou plutôt par la grâce d'un petit ange malin qui devait tenir sa flèche toute prête, car je ne crois pas au hasard.

Nous voilà donc, lui un peu plus de vingt ans, moi un peu plus de quarante, assis, muets devant notre verre d'eau minérale. Je combattais contre moi-même telle la chèvre de Monsieur Seguin. À cette nuance près que j'ignore si je ne souhaitais pas me faire dévorer.

En vrais professionnels sirotant nos quarts Perrier nous répétions notre texte : la scène où malgré eux Maurice et Blanche relisent la lettre écrite par le jeune homme le soir même de leurs premiers échanges amoureux. Micheline-Blanche déchiffrait l'écriture de Maurice à haute voix :

— Vous êtes belle et vous êtes bonne. Je vous adore tout entière, le corps, le cœur et l'âme avec les dépendances...

Puis, André, ou plutôt Maurice reprenait la suite de la lecture :

— Et vous aimez qu'on vous aime finement, qu'on vous offre parfois deux sous de violettes, un baba au rhum, un bout de dentelle, et qu'on ait pour vous ces petites attentions sans prix, qui font plus chaud au cœur des femmes que le duvet à leur cou.

— C'est vrai, répondait Blanche, j'aime qu'on m'aime ainsi.

Intérieurement je ressentais si fort le même sentiment que machinalement, comme le demandait la mise en scène, je posai ma main sur la sienne. Et alors, que se passa-t-il ? J'allais la retirer, il la retint, nos doigts s'enlacèrent.

Le régisseur arriva à point et nous avertit qu'on reprenait le travail, rompant ainsi le trouble dont nos sens étaient entrepris.

L'émission fut une réussite. Je n'eus aucune peine à dire, au comble de l'émotion, à la fin de la pièce :

— Que de choses vous emportez...

Et ensuite ? Ah ensuite, que vous dirai-je ? C'était le commencement du printemps...

Je me souviens des promenades sur les quais de la Seine, de mille imprudences délicieuses. Le fleuve brillait dans une demi-brume. Nous nous amusions à nous faire des cadeaux. Je lui offrais l'île Saint-Louis, il m'offrait le Pont-Neuf.

Je me souviens de stations chez Angelina, il y dévorait d'immenses Club Sandwiches en riant : « Je ne veux pas grossir », disait-il.

Je me souviens l'avoir raccompagné jusqu'à la Concorde pour attendre son autobus. Il me regardait.

Je me souviens de ces mots : « Vos yeux dans le soleil. » Mais n'était-ce pas une réplique de Maurice ?

Je me souviens de son sourire.

Certains soirs il venait me voir jouer.

— Quelle femme ! disait-il, quelle vitalité tu as !

Parfois, je courais le rejoindre dans la nuit au coin d'une rue, furtive, la tête enveloppée de mousseline pour éviter d'être reconnue, telle une héroïne de Flaubert.

Sachant que rien n'était possible entre nous, nous

avancions en aveugle, prolongeant de notre mieux ces instants fugaces.

Et puis il fallut faire appel à la sagesse. Nous nous sommes quittés un soir du côté de Montparnasse. André est sorti très vite de ma voiture. J'ai démarré à toute bombe. Il pleuvait. Comme dans un film mes larmes m'aveuglaient, les essuie-glaces n'y pouvaient rien.

Nous venions de jouer la dernière scène de la pièce. Blanche et Maurice disparaissaient avec leurs derniers mots :

— Que de choses vous emportez...

— Il vous reste le beau rôle.

Les années ont passé. Nous nous sommes entrevus sporadiquement à l'occasion d'une générale, d'une soirée quelconque. De loin nous nous adressions un signe, un sourire. Par discrétion pour nos vies respectives nous évitions les tête-à-tête.

Aujourd'hui que je ne peux plus blesser personne, nous nous parlons volontiers. Je l'appelle toujours mon «jeune homme». J'éprouve toujours un trouble lointain tandis que les vers de La Fontaine se baladent dans un coin de ma tête :

Ne sentirai-je plus de charme qui m'arrête ?
Ai-je passé le temps d'aimer ?

Mais oui, je le sais, le temps a passé, pourtant le souvenir demeure du charme qui m'arrêtait. Tout cela pour vous dire que nous faisons un métier à risques. Mais n'y a-t-il pas quelque chose d'exquis dans le plaisir qu'on peut avoir de rompre ?

Trouvez-vous anormal que ce mensonge, notre nourriture, puisse, par l'entremise d'un auteur, se transformer en vérité éclatante contre laquelle nous sommes impuissants ? Les acteurs ne dominent pas toujours leurs mirages.

— Alors, c'est cela le mystère du théâtre, un piège, ni plus, ni moins ?

— Bien sûr que non, il ne s'agit là que d'un accident... mais un accident qui peut faire naître les Taylor-Burton, les Vivien Leigh-Olivier, les Renaud-Barrault. Là ce n'est plus un accident, ce sont les passions réunies, les deux êtres fondus dans l'appétit secret de l'art du théâtre, plus fort, plus complet que l'amour... « l'attirance dramatique », dit Jouvet.

Je me mets à écrire la nuit, ce qui me prive de sommeil, moi qui suis une femme du matin, qu'est-ce que je venais faire dans ce métier de lève-tard ?

Pauvre Lelio. Jacques Toja, après François Chaumette et le cher Virlogeux, s'en va sur sa planète après des années de courage, de souffrance dominée ; de plus en plus touchant, de plus en plus digne, un doux et triste sourire aux lèvres.

Je ne le rencontrais plus beaucoup. Pourquoi suis-je saisie d'un tel chagrin ? Nous avons joué ensemble *Le Prince travesti, Les Fausses Confidences.* Nous avons échangé, par le truchement de Marivaux, des mots inoubliables. M'ayant ramassée plusieurs fois lors de mes malaises il m'appelait : « Le Petit Watteau à Vapeur ». Je l'aimais beaucoup. On est lié malgré soi par ces rapprochements imaginaires. On ne s'en rend même pas compte.

Jadis déjà, Marivaux m'avait atteinte avec *La Double Inconstance* montée au Français par Jacques Charon. J'étais la petite bergère Silvia aux côtés de Robert Hirsch-Arlequin. Robert était aussi drôle en coulisses que sur un plateau, adulé de ses camarades qui jouissaient largement de ses bons mots, de ses acrobaties, de ses humeurs folles, des grands airs d'opéra qu'il poussait sous la douche, des envols qu'il prenait dans les escaliers.

J'ai parlé déjà de nos joies, de notre entente transposée aisément de la scène à la vie.

Il portait, dans l'Arlequin de *La Double Inconstance,* le costume traditionnel que le décorateur François Ganeau avait traité dans des tons pastel avec, à la hauteur du cœur, un losange de sang. C'est à ce morceau de tissu rouge qu'un petit lambeau du cœur de Silvia est resté accroché. « Mon amitié fait tout comme l'amour », dit Arlequin à Flaminia... C'était mon leitmotiv secret. Nous jouions la comédie comme on dit la messe, religieusement.

À minuit, à la Régence, lavés des émotions de Silvia et d'Arlequin, nous donnions libre cours à nos appétits terrestres : que de joies, de rires, de mots à l'emporte-pièce. Comment oublier cette heure où on ne craint plus le public, ni la peur, ni le trou de mémoire ; où on se laisse revenir peu à peu à soi-même ? Cette amitié avec Robert, je la croyais indéfectible... ce n'était peut-être après tout qu'une camaraderie de théâtre. J'ai souffert de son silence. Mais la vie est ainsi faite...

Vous pouvez dire vingt fois votre admiration, votre attachement envers quelqu'un, dans ce bouquet d'éloges il trouvera toujours une épine qu'il ne supportera pas.

Robert aurait aimé sans doute que je parle de son génie. Tous les critiques le faisaient mieux que je ne l'aurais pu ; bien sûr, je n'oubliais pas l'acteur mais c'était surtout l'être humain que je voulais extraire des dithyrambes dont on le capitonnait. L'homme m'importait tout autant que l'artiste. En maintes occasions je l'avais vu se comporter avec une grande intégrité, une grande franchise, un total mépris des hochets offerts à nos vanités, ceux qu'on doit porter à la boutonnière par exemple. Il incarnait superbement la phrase de Figaro :

« Loué par ceux-ci, blâmé par ceux-là, mais toujours supérieur aux événements… »

Sa supériorité lui venait de son talent. Pareil à l'infante de *La Reine morte*, là où il était placé nul ne pouvait l'atteindre… Comme au temps de Mademoiselle Mars et de Talma, qu'il fasse rire ou pleurer, qu'il joue Molière, Ionesco ou Dostoïevski, quand Robert Hirsch était à l'affiche, la salle était bondée à craquer.

Dans *Le Fil à la patte* pourtant il n'était pas le seul. La distribution était brillante. Le rôle le plus effacé devenait un petit chef-d'œuvre par l'immense talent de Jean-Paul Roussillon — Monsieur Jean, Denise Gence ma sœur aigre-douce, Jacques Sereys le père de mon enfant, Jean Piat-Bois d'Enghien essayant non sans avatars de détacher le fil que j'étais à sa patte, moi, Lucette Gautier, Charon irrésistible Monsieur-qui-pue, Catherine Samie cocotte empanachée, quel régal ! Et bien sûr Robert dans Bouzin qui déclenchait les rires fous du public à chacune de ses apparitions.

Tous les soirs, trois ou quatre fauteuils étaient brisés par des spectateurs qui sautaient de joie sur leurs sièges.

— Ah mon Dieu ! soupira une dame convenable en sortant de la salle, on a bien de la peine à tenir son sérieux !

Alain Feydeau partageait avec Jacques Charon le rôle de Fontaney. Un soir il entre en scène oubliant en coulisses le journal *Le Figaro*, accessoire capital pour la suite de l'acte. Devant mon œil arrondi d'effroi, il se lance dans une phrase bien articulée :

— Ma chère amie, excusez-moi, figurez-vous que j'ai oublié mon journal dans la poche de mon pardessus accroché dans l'entrée.

Et il sort précipitamment. Enfin il revient, triomphant, brandissant le quotidien, miraculeusement retrouvé.

Sortant de scène je manifeste ma mauvaise humeur :

— Enfin vraiment, Alain, dans quel pétrin tu me mets ! Et tout ce texte rajouté !

— Et alors ? répond Alain sans se démonter, quand je fais du texte c'est toujours du Feydeau !

Cette évidence me laissa sans réplique.

4

L'Anti-paradoxe

« Il faut livrer son cœur et garder sa tête. »

Molé
(célèbre comédien du XVIIIe siècle)

Le silence du public est la récompense du comédien.

Jean Debucourt avait l'art de créer le silence. Tout comme Fresnay, on cherchait en vain de quelle manière il s'y prenait pour donner vie au texte le plus ardu, le réinventer, et le rendre clair avec un naturel surprenant.

La voix un peu nasillarde comme une caresse ironique, il donnait un charme changeant aux rôles qu'il abordait. Il pouvait, avec ces mêmes moyens, aller jusqu'à un comique un peu fou et le lendemain vous donner des frissons d'émotion.

Jean Debucourt était un très grand comédien en dépit d'une mauvaise mémoire.

Il se partageait les succès du Français avec Aimé Clariond, son antithèse. Celui-ci possédait une mémoire à toute épreuve et établissait son personnage une fois pour toutes. Son organe vocal, voilé d'une éternelle laryngite, conférait à ses interprétations un je-ne-sais-quoi d'étrange, s'augmentant d'une gestuelle particulièrement expressive. Un jeu de main ayant une certaine ressemblance avec celui de Jules Berry, et des airs de gitan aristocrate.

Je le vois encore, son chapeau basculé sur l'oreille, son foulard de soie noué autour du cou et son manteau de cachemire battant ses mollets. S'il est un acteur dont on pouvait dire qu'il avait de « l'allure », c'était bien lui.

Vous aurez sans doute pris garde au fait que j'ai prononcé pour le premier le mot de comédien et pour le second celui d'acteur.

Clariond dans Alceste et Debucourt dans Philinte au premier acte du *Misanthrope*, quel inoubliable duo !

Alors acteur ? comédien ? Voyons à travers ces deux artistes ce que Diderot tente d'expliquer par son fameux paradoxe.

La profession tique sur les « moyens artificiels » de l'acteur dont parle Diderot. Pourtant il a raison : *reproduire* des sentiments constitue déjà un artifice, même si on met dans cet artifice un maximum de sincérité.

Ainsi, lorsque sortant de la cascade des rires de Nicole un jeune garçon m'arrêta à la sortie du théâtre, il me dérouta par une question à laquelle Diderot lui-même n'eût pas trouvé de réponse :

— Riez-vous vraiment, madame, ou faites-vous semblant ? demanda le jeune curieux.

Que dire ? Évidemment mon rire était réel. Et pourtant, provoqué par la tenue ridicule souhaitée par Molière pour Monsieur Jourdain, il est évident que je ne faisais qu'en reproduire les éclats. Alors ? C'est peut-être une toute petite fenêtre, une modeste lucarne ouverte sur l'ouvrage de l'encyclopédiste ; nous faisons semblant, « réellement » pourrait-on dire.

Denis Diderot, après avoir applaudi à plusieurs reprises la célèbre Mademoiselle Clairon, la vit chez elle. Il fut stupéfait et s'écria :

— Ah ! Mademoiselle, je vous croyais de toute la tête plus grande.

On m'a fait souvent la même réflexion, la scène grandit. Cette transformation physique trompeuse ne peut-elle opérer de même sur l'authenticité des sentiments ?

Diderot pense que la nature telle qu'elle est ne représenterait que des grimaces, au lieu que par l'étude de son art la comédienne apprend à se mouvoir avec grâce en imitant la nature.

Il prétend que le comédien est cent fois meilleur qui joue de réflexion, d'imitation constante de ce qu'il a fait la veille, ce qui n'est pas faux. Il est comme « une glace toujours disposée à montrer les objets et à les montrer avec la même précision, la même *vérité* ». En revanche, il est convaincu que l'acteur qui « joue d'âme », n'ayant rien construit, peut exceller un soir et manquer le lendemain le même endroit de son rôle, ce qui n'est pas faux non plus. Il y a pourtant une légère nuance. Et c'est là le paradoxe : On peut être acteur d'instinct et jouer chaque soir de façon identique. Il suffit pour cela de savoir « placer » son rôle, ce travail échappe à Diderot.

Certes, il a raison en disant que par l'imagination la tragédienne crée « un fantôme qui n'est pas elle ». Bien sûr, « la petite Clairon n'est pas la grande Agrippine ». Heureusement pour elle, elle serait tuée chaque soir.

Où je suis moins d'accord, et là il va fort dans le paradoxe ce cher Denis, c'est quand il prétend :

« Les grands poètes, les grands acteurs, et peut-être en général tous les grands imitateurs de la nature, doués d'une belle imagination, d'un tact infini, d'un goût très sûr, sont les êtres les moins sensibles. » Et Diderot poursuit : « C'est l'extrême sensibilité qui fait les acteurs médiocres ; c'est la sensibilité médiocre qui fait la multitude des mauvais acteurs ; et c'est le manque absolu de sensibilité qui prépare les acteurs sublimes. »

Et c'est ce qui fait que votre fille est muette ! !

Il est vrai que Madeleine Renaud n'a jamais versé une larme de sa vie. Quand à Ingrid Bergman, devant la stupeur de sa partenaire Liza Minnelli qui cherchait à pleurer de vraies larmes alors qu'elle-même avait recours à la glycérine du maquilleur, elle dit à Liza :

— C'est le public qui doit être ému ; pas toi !

L'un de mes camarades, aujourd'hui perdu de vue, jouait il y a de nombreuses années un mélodrame avec la vibrante Maria Casarès. Ébloui de donner la réplique à cette partenaire dont les pleurs inondaient le visage, quelle ne fut pas sa surprise de la voir en plein désespoir se tourner vers le fond du décor et lui demander où ils iraient souper après le spectacle !

« L'acteur après un rôle poignant se déshabille et va se coucher, il est épuisé mais il ne lui reste ni trouble, ni douleur, ni mélancolie, ni affaissement d'âme, c'est le spectateur qui remporte ces impressions », assure Diderot.

« L'acteur est las, et vous spectateur, triste ; c'est qu'il s'est démené sans rien sentir et que vous avez senti sans vous démener. »

Là-dessus, Stanislavski diverge de la position de Diderot. Il pense qu'on peut en effet avoir recours à l'imaginaire pour provoquer en soi les sensations. Sentir est en tout cas ce qui donne au comédien la jouissance personnelle du jeu dont Diderot ne sait rien, se plaçant toujours du point de vue de l'observateur, non de l'interprète.

Alors, bien sûr, le petit dieu ne descend pas chaque soir, bien sûr nous ne sommes pas chaque soir possédés par notre personnage au point d'en perdre la tête. Que deviendrait, sinon, notre texte ?

Quand le petit dieu ne descend pas, il nous faut pallier l'inspiration par le métier. Souvent ce n'est pas plus mauvais que la veille quand on croyait toucher au sublime.

« J'y étais ce soir » est une expression qui revient souvent dans le langage de l'acteur ou de l'actrice. Quand on dit « Je n'y étais pas », on éprouve une vraie tristesse et une sorte de dégoût.

En entrant au Français, on m'avait confié le joli personnage de Marianne de *L'Avare*.

Était-ce le trac, l'émotion de paraître pour la première fois sur cette illustre scène ? Toujours est-il que le premier soir « j'y étais ». Je me sentais dans la peau de cette jeune fille du XVIIe siècle. Et en disant les premiers mots de mon entrée : « Ah que je suis Frosine dans un étrange état... », je puis t'assurer, future Marianne, que j'étais dans un « étrange état ». Il n'y avait plus de public. Je regardais Catherine Fonteney-Frosine qui m'encourageait du regard. Je croyais planer au-dessus du sol. Je te jure pourtant que je n'avais bu qu'un peu d'eau sucrée. Mais j'étais littéralement ailleurs.

Puis il y eut la seconde ; la représentation la plus

redoutée de la profession. Celle où justement il faut reproduire ce qu'on a fait la veille. Je n'y parvenais pas, la retombée sur terre fut une terrible désillusion. L'enchantement n'avait-il duré qu'un soir ?

Le lendemain, je courus voir mon maître Georges Le Roy pour lui demander à la fois un secours et des explications sur ce phénomène déroutant. C'est alors qu'il m'expliqua ce qu'est « l'état de grâce », celui qu'on *ne peut copier*. Il m'apprit aussi que ce moment privilégié, qui ressemble à une sorte de suffocation délicieuse, ne me serait pas toujours offert, qu'il fallait chaque soir se recréer si possible, mais ne pas chercher à tout prix l'émotion si elle ne voulait pas se manifester.

Edwige Feuillère, dans son très beau livre *Les Feux de la mémoire*, rapporte, lors de ses premiers pas au Français, un sentiment analogue au mien. Après avoir été fêtée, applaudie, attendant son autobus elle faisait tristement le bilan de la soirée où le désenchantement suivait les feux du succès : « Ainsi ce n'était que cela : des jours d'efforts, de tension, de peur. Et tout s'effaçait. Tout serait à recommencer. Il me faudrait des années pour comprendre que cette obligation de toujours repartir à zéro est une des grandeurs de notre art. »

J'étais dans le même cas au lendemain de *L'Avare*. Je venais d'apprendre quelque chose, mais ma déception demeura longtemps en moi. Je me mis donc à genoux pour recevoir la foi ; et je la reçus à force d'y croire. Ce n'est pas pour autant que je manquai la sincérité due aux grands classiques. Edwige avait raison : repartir à zéro chaque soir, c'est l'une des grandeurs de notre art. À moins qu'il ne s'agisse de la servitude de notre métier. Ou les deux.

À Diderot, qui prétend que « le comédien se démène sans rien sentir », il me plaît d'opposer Goethe qui affirme : « L'homme ému sent profondément l'infini. »

L'acteur ne peut-il être, lui aussi, cet homme ému qui sent l'infini ? Si Jules Renard et Marivaux m'avaient fait trébucher, si le jeu avait dépassé ma volonté et tourneboulé mon cœur, c'est un traquenard bien différent qui m'attendait au cours d'un tournage de télévision.

On ne sort pas toujours indemne de certains rôles. Quand la fiction touche en votre subconscient à des chagrins, à des remords enfouis, on peut aller jusqu'à tomber malade. Souvent, pour ne pas dire toujours, c'est le corps qui écope. On croit qu'on a bien encaissé, qu'on a surmonté son désespoir. À ce moment surgissent les migraines, les eczémas, les lumbagos, les brûlures d'estomac, « l'estomac, ce père du chagrin », selon Nietzsche.

Mais le même dit un peu plus loin : « Nous avons l'art pour ne point mourir de la vérité. » L'art heureusement était là.

Avec une bonne dose de Nietzsche, une adjonction de Sénèque, une pincée de Jung et un soupçon de Goethe j'ai pu remonter vers un ciel plus bleu, aidée en cela par le Dr Christophe Fauré et aussi par l'exaltation de la solitude, « cette douce absence de regard » dont parle Kundera.

Des trois figures qui m'ont enlisée malgré moi, celle-ci fut sans conteste la moins romantique : il s'agissait de l'incarnation troublante d'un personnage dont l'histoire était presque trait pour trait celle de ma propre mère.

En lisant le script qu'on m'avait fait parvenir, j'eus d'abord un recul. Il s'agissait d'une vieille dame dont la mémoire s'affaiblissait. Il s'avérait que la laisser livrée à elle-même dans son appartement comportait de gros risques. La question posée était la suivante : fallait-il ou non la placer dans une maison de retraite ? Exactement la question cruciale qui s'était présentée à moi quelques années plus tôt quand Maman, victime de la maladie d'Alzheimer, ne pouvait plus être autonome. Chaque séquence du film comportait une similitude troublante avec la vie de Marianne [1].

Le scénario était dur. En tout cas il me paraissait tel, car m'identifiant à la mère, qu'on appelait Mia, je voyais en face de moi Nicole Jamet, ma fille, me renvoyant à ma propre image. Bref, et bien qu'on emploie un peu trop volontiers cette expression, j'avais perdu mon identité. À la fin du tournage, des cauchemars sans fin me poursuivaient. Je voyais ma mère dans son cercueil. Plus tard le Dr Fauré m'éclaira : c'était moi qui me trouvais dans ce trou dont je ne pouvais sortir. C'était la dépression nerveuse, mot devant lequel les gens haussent les épaules parce qu'ils n'ont pas vécu cette descente aux Enfers ; la dépression, maladie qu'on refuse, au lieu de la soigner ni plus ni moins qu'un ulcère d'estomac.

J'ai fait sourire les amis :

---

1. C'est le prénom de ma mère.

— Dépression, toi? Tu pleures sans arrêt? Ah oui? Oh, tu as toujours beaucoup pleuré dans ta vie. Ben voyons!

Heureusement que j'ai eu les pleurs! Les pleurs sont de vrais autonettoyants. Une façon de se laver le cœur. Je partageais jadis cette particularité avec mon amie Claude Winter. À nous deux nous aurions pu en un temps record transformer le Théâtre-Français en océan. Nous nous consolions avec les vers de *Cyrano*:

Les larmes, il n'est rien de plus sublime, rien
Et je ne voudrais pas qu'excitant la risée
Une seule par moi fût ridiculisée.

Marie, ma fille, heureusement me comprenait, étant passée elle-même par le tunnel dans lequel nous nous sentons « absents de nous-même ».

J'entrepris une psychothérapie. Ce traitement de l'âme m'a beaucoup appris...

Chaque séance m'enseignait à surmonter les « deuils ». À ne pas passer mon temps à me sous-estimer, à savoir dire non, et surtout à évacuer ce gros paquet de culpabilité dû au séjour de ma mère qui avait vécu enfermée les dernières années de sa vie dans la maladie d'Alzheimer.

J'allais la voir aux environs de Paris, l'endroit était bien tenu, le parc charmant. Elle n'était pas mal. Elle n'était pas là. Je repartais, sanglotant d'horreur. Alors que j'étais restée tout l'après-midi auprès d'elle, après mon départ elle demandait de mes nouvelles, comme si elle ne m'avait pas vue depuis des semaines.

Je contais tout cela à Christophe Fauré tandis que

s'opérait, non sans douleur, grâce à notre travail, un nouvel ancrage. Je continuais à me cloîtrer chez moi, à ne plus vouloir rencontrer personne. Je dis un jour à Christophe :

— Je ne veux pas que ces gens voient celle que je suis en train de devenir.

— « Deviens ce que tu es. »

C'est depuis ce temps-là qu'en effet j'ai coupé tout contact avec un certain nombre de relations qui n'ont rien dû y comprendre.

Malgré tout, je ne nierai pas que l'habitude de paraître, voire de parader, nous rend parfois de grands services.

Par exemple quand, porteuse d'un gros chagrin ou d'une cuisante déception, vous vous rendez à une soirée théâtrale ou mondaine et que vous êtes capable de distribuer des sourires. C'est l'attitude. Comme s'agenouiller est l'attitude précédant la prière. En quelque sorte le côté théâtral de la vie.

En voulez-vous un exemple ? Celui d'une comédienne transposant le jeu dans le quotidien ?

Mary Marquet recevait des amis chez elle, à l'heure du thé. Sa femme de chambre interrompt la conversation pour annoncer à l'actrice qu'un personnage important la demande au téléphone.

— Dis-lui que je ne peux pas. Tiens, dis-lui que je me suis foulé la cheville.

La femme de chambre part et revient au bout d'un quart d'heure :

— Ce monsieur rappelle, il insiste, madame. Il dit que vous preniez le temps de vous déplacer. Il attendra.

Et devant ses hôtes stupéfaits Mary Marquet

déploie sa haute stature et va au téléphone… en boitant !

L'encyclopédiste n'avait pas envisagé ce paradoxe-là.

Aurait-il pu imaginer l'histoire pathétique de Berthe Bovy jouant chaque soir *La Voix humaine* tandis qu'elle rompait avec Fresnay, et confondant le lendemain au téléphone, sans même en avoir conscience, les mots de Jean Cocteau et ceux de son propre désespoir ?

Les deux femmes se rencontrèrent un jour dans l'un des couloirs du Français et, je ne sais pourquoi, en arrivèrent très vite à échanger des propos acides.

— En tout cas, dit Bovy (un mètre cinquante) à Marquet (un mètre quatre-vingts), tu es tellement peu normale qu'on est obligé de construire des meubles énormes dans ton décor pour que tu paraisses moins grande.

— Et toi, rétorque Marquet en la toisant, tu es tellement petite que pour partenaire on ne t'a trouvé qu'un téléphone !

Ah, si Diderot avait connu Marquet et Bovy ! Il n'aurait peut-être pas tant appuyé sur l'absence de sentiment de l'acteur, en contant le détail historique de Le Kain jouant Nimias :

« Il vient d'égorger sa mère ; il est rempli d'horreur, ses membres tressaillent, ses yeux sont égarés, cependant il pousse du pied vers la coulisse une pendeloque de diamant qui s'est détachée de l'oreille d'une actrice. Et cet acteur-là sent ? » questionne Diderot. « Cela ne se peut. Il a beau s'écrier "où suis-je ?", je lui réponds "où tu es ? Tu le sais bien : tu es sur les planches et tu pousses du pied une pendeloque vers la coulisse". »

Diderot pose le problème du dédoublement en lui tournant le dos.

Une certaine présence d'esprit dans le quotidien n'est pas incompatible avec une grande douleur.

Ainsi, au cours du tournage qui devait devenir le terrible tourment dont je vous ai parlé, le metteur en scène, la scripte, les assistants me remerciaient pour l'ambiance joyeuse que je mettais sur le plateau.

« Il y a dans le travail de l'acteur, dit François Mauriac, un je-ne-sais-quoi qui m'effraie. Peut-être ce contraste entre le but poursuivi qui n'est qu'un jeu (si brillant soit-il) et la grave opération d'ordre spirituel qui s'accomplit au secret de leur être. Si grave que leur fatigue, leur lassitude lorsque c'est fini ont un caractère singulier. On les sent atteints à la racine, à la source ; ils flottent à demi rendus dans le monde réel. On en voit qui ferment un instant les yeux au fond d'une loge ténébreuse comme si la part d'eux-mêmes qu'ils ont quittée avant la répétition avait perdu sa route et ne pouvait plus les rejoindre. »

Magnifique et dangereux métier qui consiste à se perdre et à se retrouver. Il m'a paru intéressant de mettre en parallèle le regard de deux écrivains posé sur l'acteur à deux siècles de distance, mais le temps, nous le savons, ne fait rien à l'affaire.

La vraie conclusion nous viendra de Louis Jouvet :

« L'ACTEUR ne peut jouer que certains rôles, il déforme les autres selon sa personnalité.

Le COMÉDIEN, lui, peut jouer tous les rôles.

L'acteur habite un personnage, le comédien est habité par lui. »

5

Les Montreurs de marionnettes

« Les écrivains de théâtre sont une espèce en voie de disparition, parce que depuis trente ans on a assisté au règne des metteurs en scène qui préfèrent jouer des auteurs morts pour ne pas avoir de concurrence dans le succès. »

Eric-Emmanuel Schmitt

« Ô vous hommes supérieurs, apprenez donc... à rire. »

Nietzsche

Si Jouvet s'est approché de la vérité de l'acteur, Gordon Craig aurait tendance à lui préférer la marionnette. Rien selon lui ne devrait paraître sur le visage de l'interprète. Il va jusqu'à prétendre que le théâtre deviendrait réel quand on y verrait la « sur-marionnette ». Mes amis, il ne nous reste plus qu'à nous rhabiller. Le même prétend également que les œuvres picturales sont parfaites alors qu'*aucun* acteur dans un rôle ne peut être parfait de bout en bout. Étrange assertion. Moi je vois passer les ombres sublimes de Raimu, de Fresnay, de Gabin, de Gaby Morlay, de Clariond, de Madeleine Renaud. Trop humains, tous ceux-là ? trop expressifs ?

Je demande à voir ce que donneraient les copies inertes du vrai souhaitées par Craig, dont il fait l'espoir du futur théâtral, déniant absolument toute pensée personnelle à l'interprète. Il lui ordonne une obéissance aveugle ainsi que « l'équipage du bateau qui se doit d'obéir aux ordres du capitaine sans discuter », c'est sa propre comparaison.

Sans doute l'un de nos talentueux metteurs en scène actuels a-t-il parcouru le livre de Gordon

Craig ? Ne l'a-t-on pas entendu déclarer avec conviction que l'acteur est un lapin qu'on doit accrocher à un fil afin de lui arracher sa peau ? Pour moi, l'idée d'être transformée en civet n'est guère exaltante.

Ce n'est pas exactement l'idée que je me fais de la vocation du comédien qui devrait n'être pétrie que de passion et de désintéressement.

Je suis triste parfois de voir les jeunes gens qui se destinent à notre métier calculer déjà les points de leur retraite et la date à laquelle ils pourront toucher leurs ASSEDIC.

Quand je suis entrée au Français, que j'ai reçu ma première mensualité, j'étais gênée qu'on me payât pour être chaque soir sur scène où j'étais possédée du bonheur de jouer… Mais aujourd'hui, je l'avoue, je ne suis pas mécontente de toucher ma modeste pension, constatant que je suis devenue comme d'autres une non-travailleuse appointée.

Jouvet allait faire la lecture d'une pièce nouvelle, certains petits rôles restaient à distribuer, les comédiens charitables avançaient les noms de quelques défavorisés de la profession. Quelqu'un en lança un que certains croyaient mort. Il n'était qu'en chômage. « Il arriva, vêtu avec cette propreté et cette correction spéciales à la misère », dit Jouvet.

Il est heureux, on lui fait bon accueil, on lui explique son rôle, tout le monde est ravi. On lit la pièce. La lecture terminée, chacun se réjouit, se congratule. L'auteur s'approche du chômeur assis, tenant son feutre misérable sur les genoux.

— Eh bien, mon ami, vous êtes content ?

— Je suis content, dit-il, je vous remercie beaucoup ; je suis très touché que vous ayez pensé à moi ;

mais je ne pourrai pas jouer ce rôle. Je vous demande pardon, monsieur, ajouta-t-il en se levant, mais je ne crois pas à votre pièce.

Il sortit dignement.

Et Jouvet d'exulter : « Mon cher camarade, je te salue ici. Tu aurais mérité de figurer dans *Les Vies des acteurs illustres,* en exemple de la conscience et de la noblesse professionnelles. »

Il y a plusieurs sortes de metteurs en scène :

Les « intellos », ainsi se désignent-ils eux-mêmes s'il vous plaît ! Ceux-là exécutent — c'est le mot — une « relecture » des auteurs, à croire qu'ils en ont négligé la lecture. On voit alors des comtesses de Marivaux qui non seulement ne battent plus de l'éventail — accessoire hautement décadent parce qu'on en a oublié le maniement subtil —, mais encore s'asseyent par terre dans une forêt alors que la scène selon Pierre Carlet de Chamblain se passe dans un salon. Tout à coup, le XVIIIe siècle chez les aristocrates est furieusement privé de mobilier !

On connaît par bonheur des hommes de théâtre qui ont fait de grandes réflexions à propos de notre métier ainsi que de superbes productions. Chéreau, Lavelli, Georgio Strehler ou Peter Brook. Des artistes que je regrette de n'avoir pu côtoyer dans le travail.

J'ai écrit à Brook un jour, il y a des années, je le connaissais un peu pour l'avoir rencontré à Londres. Il m'a répondu une lettre absolument charmante et très flatteuse, mais l'occasion ne s'est pas présentée. Je le regrette fort… quoique… Je suis restée un peu perplexe lorsqu'un comédien ayant eu la chance de travailler avec lui m'a raconté qu'afin de connaître son partenaire plus intimement il devait, avant la représentation, lui mettre les doigts dans les narines tandis que son face à face lui rendait la politesse. Drôle de façon de faire connaissance, quasi biblique !

Il y a également les metteurs en scène à idées. Des idées ils en ont, tellement qu'on finit par s'y noyer au détriment de l'action et du propos de l'auteur. Ce travail minutieux et sec est peut-être, de tous, le plus exaspérant.

Une autre espèce, de cette profession relativement récente, est tout aussi redoutable : le metteur en scène-dictateur qui vous impose sa volonté au centimètre près, à l'intonation près, et si vous émettez quelque réticence vous répond :

— Fais ce que je te dis, et ne pense pas.

Je ne te parle pas, cher petit chaperon rouge, du metteur en scène-grand-méchant-loup qui se lèche les babines à la vue de ton petit panier et dont on comprend tout de suite qu'il t'a choisie pour des agréments qui n'ont pas grand-chose à voir avec l'art dramatique. Eh quoi ! tu te demandes si ces choses-là existent réellement ? Que veux-tu, pour être artiste on n'en est pas moins homme. J'en eus la confirmation à mes dépens, dans ma jeunesse, quand je faisais partie de la Maison.

Apprendre par le tableau de service que vous êtes remplacée dans le rôle de Marianne du *Tartuffe* que vous tenez depuis un an est en soi un choc. Mais quand vous voulez en avoir le cœur net, que, prenant votre courage à deux mains, vous demandez timidement à Fernand Ledoux, le metteur en scène, en quoi vous avez démérité, l'affront qu'il vous afflige est encore plus cuisant :

— Nous partons pour Londres à l'occasion du couronnement. J'ai besoin au moins d'une jolie fille dans la distribution.

Rien à dire. Magali de Vendeuil était sans conteste plus jolie que moi. Robert Lamoureux, qui l'a épousée quelques années plus tard, ne s'y est pas trompé.

Ah ! ces chefs qui nous régissent ! Il en existe de grande réputation qui travaillent de chic, sans aucune réflexion sur la pièce. N'ai-je pas entendu l'un d'eux, ayant au moins le mérite de la franchise, commencer ainsi la première répétition :

— Tâchez d'avoir des idées, moi je n'en ai pas.

Homme charmant au demeurant mais parfaitement inculte qui, parlant des Anglais, les désignait comme « nos coreligionnaires », et nous demandait un jeu de scène avant ou après « l'assoiement », néologisme dont je lui laisse la paternité.

D'aucuns, troublés dans leur enfance par quelque exposition sur les impressionnistes, s'acharnent à vouloir faire d'une pièce de Tchekhov un tableau de Turner et vous dirigent à grand renfort de :

« Donne-moi ton mauve ! » Ou : « Tu me le joues vert amande, alors que je voudrais du jaune citron ! »

Bien souvent, n'étant pas plus doués pour l'art pictural que pour l'art dramatique, les personnages sont sans couleurs et le sujet délavé.

Enfin, il y a ceux qui ne s'embarrassent pas des états d'âme du comédien et le dirigent avec une grande économie de moyens. Ainsi Ralph

Richardson qui, évidemment, ne devait pas avoir grand mal à gouverner l'exceptionnel Alec Guinness dans Shakespeare. La seule indication qu'il consentit à lui donner consista à brandir un crayon bien affûté en lui disant :

— Joue comme ce crayon, vieille branche.

Pour un acteur talentueux cette indication indigente peut parfois suffire, qui sait ? Alec Guinness avait fait graver dans sa montre à gousset cette devise : « Le tout est d'être prêt. »

Alors, me direz-vous, auquel de ces hommes peut-on se fier ? Et si l'on est en désaccord avec le directeur d'acteurs, comment s'en sortir sans dommage ?

Deux hommes en qui on peut avoir confiance émettaient une opinion totalement opposée.

Henri Rollan conseillait de « mouiller sa chemise ». Tandis que Georges Le Roy considérait qu'il était mal élevé de transpirer devant le public... Alors ? ?

Charles Dullin, sans doute l'homme qui a vu, aimé et pratiqué le théâtre dans ce qu'il avait de plus noble et de moins rentable, répétait : « Le maître du théâtre, c'est l'auteur. Le metteur en scène est amené à faire des suggestions qui établissent une collaboration réelle et qui élargissent singulièrement son rôle. De là à donner peu à peu à ce rôle une place *prépondérante*, il n'y a qu'un pas. C'est le pas qu'il ne faut pas franchir ! »

Jacques Copeau, tout aussi prémonitoire, exprimait ses craintes en 1912 : « J'ai peur que le cabotinage de l'acteur ne cède le pas à celui du metteur en scène. C'est sortir d'un grand mal pour tomber dans un pire. »

Alors, comment s'y retrouver face à ces « démiurges incontestables » ? Ceux qui ne vous en disent pas assez, ceux qui vous flattent et ceux qui vous rabaissent, ceux qui marchent à coups de mots orduriers, et ceux qui vous disent de *rentrer* alors que vous n'êtes pas encore *entré*, ceux qui font des phrases, et ceux qui parlent par onomatopées, ceux qui mangent en répétant, et ceux qui boivent avant de répéter, sans parler de celui qui se rengorge quand le spectacle marche, et qui vous accable quand il ne marche pas.

Il n'y a pas trente-six solutions pour combler le fossé qui vous sépare de votre metteur en scène.

La première consiste à s'abandonner à lui les yeux fermés, la seconde à l'abandonner les yeux ouverts.

Dans les deux cas, il faut du courage.

J'ai vu Jacques Charon répéter *Dom Juan*, dirigé par Bourseiller, avec lequel il était en total désaccord sur la conception de la pièce, sur son montage et surtout sur la manière qu'il avait d'entrevoir le personnage de Sganarelle.

Eh bien, Jacques accepta tout ce qui lui était imposé. Je l'ai vu sortir de ses après-midi de travail, blême, l'air épuisé ; ayant au fond de lui une rage secrète qu'il dut expulser le soir de la première en même temps que le trac. Le fait en lui-même a déjà quelque chose d'héroïque. Mais l'inattendu c'est que, luttant contre ce qu'on lui demandait et l'exécutant avec bonne volonté, Jacques joua le rôle à merveille. Endurer, on en revient toujours là. Charon savait endurer. Il sortit vainqueur de l'épreuve.

Le cas totalement opposé s'est présenté plus

récemment. Bernard Murat montait *Pygmalion*, il m'avait confié le rôle de Mrs Higgins, la mère du professeur joué par André Dussollier. Je soupçonne mon jeune homme du *Plaisir de rompre* d'avoir été pour quelque chose dans mon engagement. La lecture fut parfaite. Je retrouvais le directeur, mon cher Félix Ascot avec lequel j'avais déjà travaillé, dont la culture m'éblouit toujours, ainsi que son amitié qui perdure à travers les ans. Je faisais la connaissance de Sophie Marceau et retrouvais mon vieux compagnon du Français, Michel Duchaussoy, avec qui j'eus par la suite de savoureux moments au cours des représentations.

Les répétitions commencèrent. Il ne s'agit nullement de juger Murat ou d'accabler Dussollier. Ils ne s'entendaient pas, voilà tout. Au bout de quinze jours d'efforts de part et d'autre, l'acteur déclara forfait et abandonna le rôle. Il faut avoir du cran, surtout quand le personnage est à ce point proche de vous.

C'est ainsi que je n'ai pas pu être la mère de mon soupirant d'autrefois.

Je reçus en échange Lambert Wilson qui exécuta en quinze jours le tour de force d'apprendre et d'établir ce rôle colossal. En dépit de ma peine d'avoir perdu un garçon, je fus très heureuse de l'adoption du second. Nos liens mère-fils se créèrent d'eux-mêmes avec bonheur.

Ce personnage de bourgeoise anglaise affranchie des préjugés et prenant le parti d'Eliza me plaisait. J'aimais le regard doré, la joue veloutée de Sophie, sa nature spontanée, j'aimais la truculence et la gentillesse de Pierre Doris qui me raccompagnait chaque soir en voiture. J'aimais mon salon décoré par Nicolas Sire, et même cette machine à écrire grippée dont je me servais si mal.

La pièce de Bernard Shaw avait un grand succès. La troupe était gaie. Comme je n'étais que du deuxième acte, mes amies Régine[1], Stéphanie[2], Elise[3], remontant de scène, venaient, dans ma loge, me donner la température du public.

Parfois Duchaussoy passait la tête, se plaignant des courants d'air. J'allais souvent lui rendre visite dans sa loge, nous évoquions nos souvenirs du Français. Il avait des mots. Deux de nos camarades étaient dégarnis du chef, aussi me dit-il un soir :

— As-tu remarqué que nous jouons du Bernard Chauve ?

Mon rôle n'était pas épuisant mais payant. Je ne m'ennuyais pas... Et puis j'avais un si joli chapeau.

Une fois encore, le soir attristant de la dernière me fit reculer. Je ne me mêlai pas aux faux serments assaisonnés de sourires qui dissimulent mal la hâte de se séparer.

La page était tournée, chacun pensait déjà à ses projets, à son futur. Je n'en faisais pas partie. Le désir de me retrouver seule surpassait de loin la diplomatie qu'on déploie ordinairement ces soirs-là auprès des directeurs, des producteurs, des metteurs en scène et des autres, en vue d'un éventuel avenir professionnel.

Je ne parviens à être intéressée que lorsqu'on

1. Blaës.
2. Murat.
3. Arpentinier.

m'intéresse. Je sais, comme tout un chacun, faire ma cour mais il faut au moins que j'y trouve un certain plaisir. En société, si je ne m'amuse pas, j'étouffe. Les propos mielleux des compliments ne me flattent que médiocrement, j'aime pouvoir m'échapper de ces contraintes si cela me chante.

— Mais, s'indigna Bernard, tu seras en mauvais termes avec Félix Ascot, c'est ennuyeux pour toi... Tu y penses ?

Non, je n'y pensais pas. J'aime Félix, mais je compte en échange sur son affection ; ce n'est donc pas une heure de plus dans un restaurant qui fortifiera ses sentiments à mon égard, je le connais. Lui aussi me connaît. Il sait que je ne suis pas du genre à passer la pommade.

De plus, nous exerçons un métier où personne n'est fâché avec personne très longtemps. On se hait six mois, on se retrouve, on s'adore un an... et puis on se perd de vue parfois plusieurs années, et c'est fou comme on est heureux après cela de se jurer qu'on s'adore.

Si on ne veut plus de vous dans un théâtre, c'est différent. Qu'y faire ? Comme l'écrivait si joliment ma chère Julie Talma : « Qui peut cesser de plaire perd le droit aux reproches. »

Je vois le futur comédien et le lecteur un peu perdus devant mes allégations à propos des petits travers de nos metteurs en scène. Pas de crainte, mes amis, il faut bien que je vous divertisse. Personnellement je n'ai pas eu tellement à me plaindre d'eux. À la suite de l'enseignement magistral de Georges Le Roy, Debucourt m'a apporté ses lumières en m'offrant la douce Henriette devenue forte et véhémente face à Trissotin : point de vue du metteur en scène qui me donnait l'opportunité si chère aux comiques de montrer leur émotion. Et puis nous étions en famille, ma chère Marie Sabouret était Armande ma grande sœur refusant l'amour pour l'étude mais soupirant secrètement pour Clitandre. Jacques Charon jouait Trissotin et Denise Gence en était à sa première Bélise. Elle raconte de façon très amusante ses trois Bélise dans son livre *Notes parlées.*

Un peu plus tard, le travail avec Jacques Charon, metteur en scène cette fois, fut délicieux. Il ne se lançait pas dans de grandes théories certes, mais savait, en raison de notre tendresse réciproque, me « mettre dans mon meilleur », me poussant doucement vers ma propre nature. La diction, le style me venaient de Le Roy, Jean Meyer, lui, devait m'apprendre à jouer la situation, et à *écouter* mes partenaires. J'ai beaucoup travaillé, avec joie, sous sa direction, en dépit d'une autorité qui dans ma jeunesse provoqua en moi une vraie panique. En répétant *Perrichon,* Raimu protesta fort, refusant que quiconque fît « pleurer la petite ». Si Jean Meyer était précis, ferme, quasi mathématique, Julien Bertheau, lui, dans de grands élans lyriques, nous insufflait sa passion, ouvrant ainsi le cœur de nos personnages. Il ouvrit d'ailleurs le mien. Alain, notre fils, en est la preuve vivante.

J'ai eu plaisir à apprendre de Gaston Baty qu'il n'y avait pas grand-chose à apprendre. Et ma courte prestation dans *Le Cantique des cantiques,* un acte de Giraudoux ne m'a pas permis de recueillir autre chose de Jouvet que ces trois mots :

— Elle est nette !

Trois mots qui m'ont comblée.

Jean-Laurent Cochet m'a « eue » dans deux Feydeau, l'un au Français, l'autre au Marigny. Travail exemplaire et joyeux.

À la Michodière, *Acapulco Madame* de Jamiaque a été un enchantement par la grâce et l'intelligence d'Yves Gasc qui m'a dirigée de main de maître, avec délicatesse. L'un de mes meilleurs souvenirs de théâtre contemporain.

Avant mon départ du Français, j'avais reçu de Jean Piat, si souvent mon complice charmeur, le merveilleux cadeau de cette Araminte que j'ai adorée et qui me l'a bien rendu. Puissé-je n'avoir oublié personne. J'ai respecté ceux-là comme ils m'ont respectée. Il ne me viendrait pas à l'idée de les renier aujourd'hui.

Pas plus que je ne méprise un boulevard désopilant traitant du démon de midi masculin : *Le Charimari* de Pierrette Bruno. J'y dansais sous l'œil ébahi de Pierre Tornade, mon mari, une sorte de tango endiablé dans les bras d'un débutant qui a fait son chemin, Patrick Bruel, dont la personnalité éclatait déjà à l'époque. Nous avons joué la pièce quatre cents fois. Je changeais huit fois de costume, je chantais, dansais, pleurais, tout cela sans quitter la scène au cours des deux heures et demie que durait la pièce.

Un triomphe de presse et de public qui bien entendu me valut le grand mépris de quelques professionnels qui, selon l'expression de Grédy, « ont tendance à se chercher un étage au-dessus ».

J'ai « marrainé » un autre garçon au visage rond, à l'œil bleu, qui jouait mon petit frère dans *Occupe-toi d'Amélie* à Lyon. Il s'appelle Jacques Villeret. Je le faisais sauter sur mes genoux, sa drôlerie dès sa première apparition sur le plateau faisait déjà merveille dans ce rôle court.

Avant ces débutants j'en ai vu un autre esquisser ses premiers essais devant les caméras de télévision, dans un feuilleton dont je ne m'enorgueillis pas d'avoir tenu le premier rôle.

Ce jeune garçon, maigrichon, famélique, qui se demandait où il était tombé, allait devenir un des plus grands de sa génération, Gérard Desarthe.

Je suis assez fière de mon trio de novices aux parcours si disparates, bien que je ne sois strictement pour rien dans leur réussite respective. Ce sont trois doués.

C'est l'une des injustices de notre métier : certains travaillent d'arrache-pied pour n'obtenir qu'un médiocre résultat, d'autres, comme Mascarille, « savent tout sans avoir jamais rien appris ». Décourageant !

6

Vrais rires et fausses larmes

« On aime mieux dire du mal de soi-même que de n'en point parler. »

La Rochefoucauld

« Ce début n'est pas mal ; et contre le prochain
La conversation prend un assez bon train… »

Molière
(*Le Misanthrope*)

Au fond, je suis assez de l'avis de Voltaire : « Le théâtre est le premier et le dernier des métiers. »

Certains le portent très haut, d'autres visent bas pour s'attirer les rires complaisants d'un public aux aspirations rasant le sol.

Ceux-ci sont les adeptes du cabotinage dans lequel peuvent également s'égarer ceux-là. Les tragédiens n'étant à même de le pratiquer tout comme les comiques, compte tenu du fait qu'ils ne reçoivent pas la tentation que représente le rire du public, ce piège immédiat.

Mais on peut faire rire sans se porter à d'indécents excès, ainsi le faisaient Debucourt, Victor Boucher que je n'ai malheureusement connu qu'à travers le cinéma, ou Jacques Charon qui contenait son comique en augmentant ainsi sa portée.

Dans *Le Fil à la patte* il lui suffisait de faire osciller sa moustache d'un simple mouvement des lèvres pour déclencher l'hilarité.

En revanche je goûtais fort peu le jeu de scène de la délicieuse Sophie Marceau qui dans *Pygmalion* allait jusqu'à fourrailler dans son appendice nasal pendant que Lambert Wilson devait dire des choses de première importance. Bien sûr, elle faisait rire mais c'était au détriment de la pièce et de ses remarquables partenaires, Wilson et Duchaussoy.

Alors qu'on lui en faisait l'observation elle répondit avec une belle ingénuité :

— Le public vient pour moi. C'est moi qu'il regarde !

Bernard Shaw, qui n'était pas étranger au succès de la pièce, eût-il approuvé ce jeu de scène ? On peut se poser la question.

Mademoiselle Mars, là-dessus, était plus lucide, plus modeste, lorsqu'elle répétait :

— Comme nous jouerions mieux la comédie si nous ne tenions pas tant à être applaudis.

— Comment ? Mais tu as un beau rôle, voyons, disait Sylvain à un camarade amer, je te parle tout le temps !

Quand Lucien Guitry devint au Français « directeur de scène », il fut amené à diriger le même Sylvain et Mounet-Sully dans *Les Burgraves.* Guitry était choqué de voir les acteurs descendre au public et « balancer » leurs répliques de face sans se soucier des personnages auxquels ils devaient s'adresser.

— Écoutez, Sylvain, explose un jour Lucien, ce n'est pas possible ! Vous commencez une tirade par « Prince, Comte, Seigneurs » et vous leur tournez le dos ! Voici ce que nous allons faire : à votre entrée, vous resterez debout, dans l'encadrement de la porte au sommet des marches. Comme cela, vous dominerez tout le monde.

— Mais c'est vrai. Je n'y avais pas pensé, c'est

admirable ! Je vais dominer tout le monde. Il est épatant ce Guitry ! s'exclame Sylvain.

On entend alors une voix gémissante, celle de Mounet-Sully qu'on appelait pourtant le « rugisseur de la Comédie-Française » :

— Mais alors, moi on ne me verra plus !

Les formes de cabotinage sont multiples, un acteur du temps présent dont le mental est aussi restreint que le physique se livre en scène à un curieux exercice, dans l'effort malsain de soutirer un effet supplémentaire au public. Il lui souffle pour ainsi dire l'hilarité dont il a besoin : à la fin de sa propre réplique il rit lui-même regardant la salle d'un air entendu, et parfois ça marche. Mais c'est faux !

Les acteurs qui « font » la salle sont misérables ; ils ôtent l'illusion des spectateurs en faisant tomber le fameux « quatrième mur. »

À l'occasion d'une rétrospective, les merveilleux interprètes de *Trois hommes et un couffin* parlent à la télévision de leurs rapports au public. Michel Boujenah affirme qu'il a eu parfois de délicieux moments en apercevant une jolie femme dans la salle.

André Dussollier explique à Boujenah que dans son one-man show, s'adressant directement aux spectateurs, Michel a loisir de détecter toutes les présences.

— Moi, dit André, je ne le pourrais pas, étant dans une situation donnée face à un partenaire. Cela me déstabiliserait complètement.

Roland Giraud était de son avis.

Au cinéma, ne pouvant pas regarder la caméra, les trois acteurs y étaient à égalité.

Louis Seigner dont le grand talent ne se discute pas avait ses faiblesses, tant il est vrai que, quand il est « là-dessus », un acteur se sent le centre du monde et ne laisse pas volontiers sa place à l'autre.

Pendant la fameuse scène du maître de philosophie dans *Le Bourgeois gentilhomme*, Seigner utilisait le célèbre système du « remonte-pente » ; assis sur son fauteuil il le repoussait en arrière pour placer dos au public son copain Chamarat le philosophe, installé humblement sur son tabouret.

Celui-ci supporta sans mot dire sa position inférieure jusqu'au moment où, lassé, il s'avisa de rendre la pareille à Monsieur Jourdain, remontant son tabouret afin de se trouver au-dessus de son partenaire.

Seigner, mécontent d'être obligé de se détourner du public, se replia illico avec son grand fauteuil, reprenant ainsi l'avantage sur Chamarat. Après deux ou trois tours de ce manège, au moment où, refusant de désarmer, Chamarat voulut reculer derechef, il ne put y parvenir. Seigner bloquait de son pied le tabouret du Maître de Philosophie, l'empêchant ainsi de bouger une fois pour toutes.

Un soir où nous dînions, mon mari et moi-même, en compagnie d'Arletty, elle nous conta une histoire similaire qu'elle vécut avec Bernard Blier dans *Les Compagnons de la Marjolaine*. Seul point de différence les deux acteurs se trouvaient debout et non assis comme dans la pièce de Molière. Le fond du décor était orné d'une grande armoire. Donc, même jeu, Blier recule, Arlette monte à son niveau, il fait un pas en arrière, elle en fait trois. Arrivée au fond, exaspérée mais souriante, Arletty ouvre l'armoire à deux battants et avec un geste d'invitation :

— Je vous en prie, après vous, dit-elle à Blier.

Elle fut plusieurs fois la partenaire de Michel Simon. Ils créèrent ensemble *Fric-Frac*, le célèbre succès d'Édouard Bourdet.

On sait que Michel Simon avait une passion pour sa guenon : Zaza.

Le soir de la première de *Fric-Frac*, Arlette mourait de peur. Prête à entrer en scène, coiffée, maquillée, moulée dans sa robe d'été, elle serre le bras de son partenaire :

— Je t'en supplie Michel, dis-moi un mot, n'importe quoi, qui puisse me rassurer.

Alors Michel Simon la regarde, et cherchant ce qu'il peut trouver de plus flatteur :

— Tu ressembles à Zaza, dit-il.

Arletty avait ses humeurs et selon ses humeurs, quand je la rencontrais au gré des années, elle apportait certaines variantes dans le portrait des personnes célèbres de son entourage.

Ainsi, Sacha Guitry, qui un moment avait songé à l'épouser, était tantôt un être exceptionnel, tantôt un homme dont la virilité était sujette à caution.

J'ignore si elle avait été sa maîtresse pour avancer certains détails que seule l'intimité est capable de déceler, ce n'est pas impossible si l'on en croit Roger Karl.

Selon lui, Sacha avait un certain trait commun avec son père : au lendemain d'une soirée comparable au « fiasco » de George Sand et Mérimée, Lucien Guitry reçut de Liane de Pougy un régime de bananes... surmonté d'un crêpe noir...

Les femmes sont féroces parfois. Et comme les actrices sont deux fois femmes...

Voici à nouveau Sarah Bernhardt. Un soir, dans un *Werther* adapté par Pierre Decouvelle, un spectateur sort, sans attendre la mort du héros joué par Sarah, et se tire une balle dans la tête... On apprend la nouvelle à Sarah qui s'apprête à entrer pour le dernier acte. Elle croasse :

— Qu'est-ce que c'est? Qu'est-ce que c'est? Le malappris, il ne pouvait pas aller faire ça chez Réjane !

Ce qui ne l'empêcha pas de pleurer ladite Réjane de seize ans sa cadette; la voix brisée, « Madame Chérie » psalmodiait :

— Oh, mon Réju, mon petit Réju, ça me fait une peine !... Réju.

Puis après s'être tamponné les yeux :

— C'est au tour de Garnier maintenant, dit-elle, sans se soucier du fait que Jeanne Garnier avait dix ans de moins qu'elle.

Une réflexion qui n'est pas sans rappeler celle de Madeleine Renaud sur la scène de l'Odéon envahie par les soixante-huitards :

— Pourquoi venir ici ? Il y a d'autres scènes. Allez à la Comédie-Française.

Quand j'étais dans la Grande Maison, il existait encore ce type de femme redoutable, toute-puissante, dont le cœur n'était pas au diapason de sa morphologie, comme Béatrice Bretty par exemple. Actrice très efficace et qui adroitement avait fait de son physique pléthorique une truculence convenant à Dorine. Son teint frais de Lorraine, son œil bleu achevaient de tromper sur l'autorité de son caractère.

On commençait à parler beaucoup, il y a de cela plusieurs décennies, de complexes. Tout un chacun déclarait en avoir, c'était chic. « Brette » pour les intimes se souciait de cela comme d'une guigne. Sa corpulence ne la complexait nullement. Elle avait toujours eu des liaisons politiques qui assuraient sa protection. D'abord maîtresse de Maginot, le jeu était trop beau pour ses collègues d'avancer que, malgré ses amours, elle n'avait pas la ligne. Plus tard, voguant toujours dans les eaux du pouvoir — la mode pour les sociétaires femmes fut longtemps d'être l'égérie d'un diplomate —, elle jeta son dévolu sur Georges Mandel, ministre des Postes et... homosexuel.

Le surnom de la servante de Molière devint : « La levée exceptionnelle ».

Nous autres, jeunes-turcs de l'époque, ne nous privâmes pas d'ajouter quelques perles à ce collier :

— Le tas c'est moi.

— La Bretty vient en mangeant.

— L'arrière-train pour Venise, etc., etc.

Quand Madeleine Renaud partit du Français en 1946, Bretty s'écria :

— Elle s'imagine qu'elle a encore dix ans de carrière, quelle illusion ! !

Quarante ans plus tard « l'illusion » durait avec le succès que l'on sait.

Sarah Bernhardt, monstre sacré, ne portait pas dans pas son cœur ses rivales de théâtre. Elle se rendit un soir en compagnie de Mary Marquet à la Comédie-Française afin d'assister à la représentation de *Maman Colibri.* Berthe Cerny interprétait avec grand talent le rôle-titre.

À la sortie du spectacle, la voiture de Sarah est contrainte de s'arrêter place du Théâtre-Français. De loin elle aperçoit un groupe important d'admirateurs massés à l'entrée des artistes.

— Que font tous ces gens là-bas ? questionne-t-elle.

— Ils attendent les acteurs, madame, les actrices.

— Les actrices, quelles actrices ?

— Madame Cerny certainement.

— Ah bon. Pour quoi faire ? Pour la tuer ?

Cette cruauté sur l'instant a quelque chose d'allègre.

Aujourd'hui il semblerait que les comédiennes soient moins cinglantes. À moins qu'elles soient plus dissimulées.

Suzanne Flon est le contraire d'une cabotine. Elle ignore toute vanité. L'affectation n'est pas du tout son fait. Pour cette raison, chacune de ses entrées en scène est une vérité toute nue. Pour cette raison, la plupart des femmes se reconnaissent en elle.

Elle m'a donné des sensations inoubliables — sa voix vous prend au cœur — de *L'Alouette* à Mme du

Deffand, en passant par les rôles écrits pour elle par Loleh Bellon ; depuis les personnages d'exception aux plus quotidiens, elle reste convaincante, touchante et, ce qui ne gâte rien, charmante. Elle attendrit, on a envie de la câliner et soudain sa brusquerie vous cueille à froid, provoquant le choc qui peut aller jusqu'au rire. Et puis, cette malice dans le sourire… Arletty disait : « Elle sourit avec les yeux. »

Mes rencontres avec Flon sont fugaces. Je lui envoie régulièrement ma modeste littérature, elle me répond toujours par une lettre délicieuse. Nous sommes heureuses de nous revoir. Et moi de lui rendre hommage aujourd'hui, ce qui est parfois difficile à faire de vive voix, à cause de cette satanée pudeur qui nous brime, quand l'émotion éprouvée est trop intense à l'issue d'un spectacle.

Pierre Bertin ne s'ennuyait pas en scène, simplement, il s'endormait. Dans *La Cerisaie*, tous les interprètes discutaient du sort de la propriété. Bertin n'ayant pas à parler s'assoupit un soir, sous l'œil glacé de Madeleine Renaud et du reste de la troupe. Enfin l'actrice lança la réplique qui devait décider du départ de l'acteur, en haussant le ton :

— Mon cher, vous allez rater votre train !

Un léger ronronnement lui répondit, une deuxième édition de la même phrase n'eut pas plus de succès. Les comédiens firent chorus, à voix de plus en plus sonore.

— Vous allez rater votre train !

Alors Bertin, réveillé en sursaut, de bégayer :

— Ça ne fait rien, appelez-moi un taxi.

Tchekhov ne s'en est pas encore remis.

Il ne faut pas croire qu'on atteint toujours les cimes de l'art parce qu'on joue la tragédie. On peut, aussi bien que dans une comédie de boulevard, y frôler le ridicule et le mauvais goût.

À la fin du XVIIIe siècle M. de Vaublanc, dans ses mémoires, s'indignait du jeu outré de certains acteurs qui allaient jusqu'à mimer le mot ; aussi la célèbre Mademoiselle Raucourt, dans les imprécations de Camille, disait ce vers : « Que l'Orient, contre elle à l'Occident s'allie ! » en tendant à droite une main, puis l'autre à gauche et les joignait par un mouvement singulier qui semblait unir l'Orient à l'Occident.

Plus loin, à cet autre alexandrin :

« Et de ses propres mains déchira ses entrailles », elle portait ses mains à son ventre et lui imprimait un mouvement d'autant plus désagréable qu'il était alors d'une grosseur démesurée...

« Ce dégoûtant spectacle, écrit Vaublanc, mettait les loges dans un enthousiasme impossible à rendre. »

Ce jeu outré préfigurait déjà celui des acteurs romantiques qui massacrèrent allègrement les auteurs classiques par leurs trémolos et les chants mêlés de sanglots dont ils ornaient les vers de Racine et de Corneille.

Une tragédienne affligée de ce travers hurlait littéralement, au point qu'une de ses camarades constatait :

— Elle a le public à la terreur.

Toutes les pièces bien entendu, même lorsque Raucourt déclarait : « Songe, songe Céphise à cette nuit cruelle », étaient récitées face au public et debout, toujours debout. En revanche, aujourd'hui, tout se joue par terre. C'est une question de mode. L'étonnant c'est que les chefs-d'œuvre résistent à ces diverses gymnastiques.

Le langage lui-même a ses modes :

Quand je suis entrée au Français, Jean Debucourt me divertissait beaucoup en me contant qu'à une époque récente on prononçait l'Amûr pour l'amour et le d'sir pour le désir, initiative lancée par Sarah.

Pour ma part, j'ai joué encore aux côtés d'un Tartuffe qui roulait les « R » comme Madame Colette :

— « Laurrrrent serrrrez ma hairrrre avec ma discipline. » La pénitence était rude.

De même on ne disait pas Madame, mais Médème, c'était plus chic.

À l'heure actuelle la tendance est à prononcer le E muet à tout va, y compris là où il n'y en a pas. On entend ainsi les jeunes gens vous dire :

— Bonjoureuh, ça vaeuh ?

Racine et Marivaux, eux-mêmes, n'échappent pas à ces traînantes navrantes.

Je vous ai rapporté, je crois, le mot nostalgique de Mademoiselle Mars : « À partir d'un certain âge on ne rencontre plus que des calendriers. » Hélas bientôt, les calendriers eux-mêmes disparaissent. La mort des amis est une souffrance. Je suis inconsolable du départ de Marie Sabouret ou de celui de Jacques Charon. Et aujourd'hui de l'irréparable absence d'Annie Ducaux envolée sans bruit dans la nuit du 31 décembre.

Tout aussi injuste me semble la perte de ceux qui n'ont pas quitté notre planète et se sont retirés de notre univers, pour des raisons souvent absurdes ou disproportionnées à l'événement qui les a créées.

Robert Hirsch s'est éloigné, mais je me console en pensant à notre jeunesse débridée, à nos rapports affectueux, à la joie que j'ai eu de jouer avec lui. Nous ne faisons plus que nous entrevoir. C'est dommage.

Même chose avec Denise Gence. Nos routes professionnelles ont divergé. Bizarrement son absence m'a fait souffrir davantage. Nous étions très liées jadis. Dès mon départ du Français les ponts se sont rompus. Il y a vingt ans que j'ai cette grosse pierre sur le cœur.

Nietzsche dit quelque part : « À force d'avaler on s'aigrit le caractère et on se gâte l'estomac. Tous ceux qui se taisent sont dyspeptiques. » Il m'a donc paru indispensable de panser mon insupportable gastrite. J'ai décroché mon téléphone, et j'ai demandé à ma copine d'autrefois si je pouvais aller l'applaudir dans la pièce d'Albee mise en scène par Lavelli : *Trois Femmes grandes.*

Elle m'a reçue comme si nous nous étions quittées hier matin. Je me suis rendue seule à L'Atelier. Je l'ai trouvée de premier ordre, elle a toujours eu ce talent, ce « particulier » incomparable.

Nous avions décidé de prendre ensemble une tasse de thé à l'issue de la matinée. Surprise ! Nous avions l'air de deux sœurs : veste pied-de-poule noir et blanc, jupe unie. Nous avons ri comme autrefois, de ce rire sans arrière-pensée qui est le meilleur ciment de l'amitié.

J'avais un réel besoin de dissiper notre nuage noir

afin de libérer mon âme. Je pense comme Bouddha que « ce n'est pas l'inimitié, mais l'amitié qui met un terme à l'inimitié ».

Ma chère Denise, quand je t'ai demandé, il n'y a guère, par quelle amie tu m'avais remplacée au Français, j'ai adoré ta réponse :

— Je n'ai pas eu vingt ans avec une autre que toi…

Denise, tout comme moi, peut être reconnue dans la rue. Elle l'est. Et aujourd'hui qu'il m'arrive de me croire oubliée, maintenant que j'ai laissé mes cheveux blanchir, il m'est toujours agréable de m'entendre dire comme l'autre jour chez la mercière :

— Ah, madame ! Quelles joies vous m'avez données. Il n'y a pas deux Micheline Boudet !

Heureusement ! Il ne manquerait plus que cela !

En revanche, si vous vous trouvez en compagnie d'un acteur plus « médiatique » que vous, il arrive que les entrevues soient plus dures à avaler : « Monsieur Victor Lanoux, donnez-moi une orthographe (sic) ! » Lapsus fréquent chez les fans.

Puis, la jeune analphabète reprend son papier signé de Victor, me regarde… et passe devant moi comme si j'étais transparente.

Denise nous a beaucoup amusés autrefois, nous racontant l'élan de ce grand gaillard noir qui, l'abordant dans la rue, avec un grand sourire blanc :

— Ce n'est pas *moi* qui vous ai vue hier à la télévision, madame ?

Sans parler de ce dialogue avec une dame aux Galeries Lafayette qui, l'ayant confondue avec sa bouchère, lui fit la commande d'un morceau de bavette pour le samedi suivant. Denise faisait de cette histoire un numéro très réussi, expliquant qu'elle n'avait pas osé décourager cette dame ; elle prit la commande avec le plus grand sérieux.

Dans un wagon-lit partant pour le midi de la France, Jacques Charon, jeune pensionnaire de la Maison, vécut une expérience analogue.

Un monsieur convenable, à la diction molle monte dans son compartiment et très vite le reconnaît :

— Vous êtes bien monsieur Jacques Charon ?

Jacques acquiesce, le monsieur enchanté poursuit :

— Puisque nous allons partager ce wagon-lit, voulez-vous accepter de dîner avec moi ?

Si le train roulait vers Cannes, Jacques à cette époque ne roulait pas sur l'or, il accepta de se rendre avec son compagnon de route jusqu'au wagon-restaurant.

Tout en dînant, la conversation assez banale était entrecoupée de la part de l'admirateur d'éloges du genre :

— J'aime tant ce que vous faites. Vous avez vraiment du talent, ma femme vous adore… etc., etc.

Jacques un peu abasourdi commençait à se lasser de ce thuriféraire qui parlait en avalant ses fins de phrase en même temps que son rôti de veau.

Enfin, regagnant le compartiment après avoir procédé aux politesses d'usage quant au choix de la couchette, on éteint la lumière et Jacques s'endort au double ronflement du train et de son voisin du dessous.

Le lendemain matin, arrivée à Nice. Une dame

trop blonde, trop ronde, attend sur le quai le compagnon de voyage de Jacques.

— Cher ami, permettez-moi de vous présenter mon épouse. Ma chérie, figure-toi que j'ai fait la connaissance de monsieur Jacques Charon, tu sais, qui dirige une si jolie boutique de prêt-à-porter à Cannes...

Tout comme Denise, Jacques, cloué sur place par la surprise, renonça à rectifier et assura qu'il serait très heureux de recevoir le couple dans sa boutique. Et on dit que les comédiens ne sont pas modestes ! !

Il nous est vital de sentir l'amour. L'acteur a besoin d'être aimé tout autant que l'enfant Mozart. Que celui qui ne ressent pas une sensation délicieuse sous les éloges ose me démentir. Si les raisons d'embrasser la carrière peuvent être diverses, je ne connais pas de comédiens souhaitant l'indifférence du public. C'est notre point faible, celui qui parfois nous entraîne à surjouer pour avoir encore plus de rires, encore plus d'applaudissements. Ce sont les tentations dangereuses de la profession. Il faut garder sa tête. On en a pourtant grand besoin, c'est à elle que nous devons l'enregistrement des textes qui s'y impriment.

Dans ce domaine de l'étude, la partie la plus assommante de l'établissement d'un rôle, il arrive qu'on soit confronté à certains pièges. Entre autres le personnage de l'Alcade dans *Le Barbier de Séville*, qui doit attendre toute la soirée pour sortir sa glorieuse tirade, guetté sans pitié, par Rosine, Almaviva, Figaro... Alors évidemment le malheureux, c'est fatal, cafouille et se sort comme il peut d'un magma informe à la grande joie de ses camarades qui, dos au public, peuvent se permettre un sourire allant d'une oreille à l'autre, qu'on appelle banane.

Il est un rôle posant le même problème : celui d'une unique période d'une vingtaine de vers arrivant à la fin d'*Amphitryon*. Molière n'a jamais poussé si loin la perfidie : appeler son général Argatiphontidas est déjà une gageure, mais par-dessus le marché lui faire prononcer son propre prénom en y mêlant l'honneur et la vengeance, cela ressemble à du vice...

Vous verrez quoi qu'il advienne,
Qu'Argatiphontidas marche droit sur ce point ;
Et de vous il faut que j'obtienne
Que le pendard ne meure point
D'une autre main que de la mienne.

Ces vers irréguliers contiennent un piège. Essayez de les dire dans un grand mouvement, vous aurez tout l'air d'éternuer !

Le malheureux Jacques Eyser était chargé de cette brève et dangereuse prestation, en plein air, entre les colonnes de Baalbek.

Le premier soir, les dix-neuf vers, prétendument libres, du grand Poquelin furent amputés carrément de cinq alexandrins.

L'acteur sortit hébété, puis navré, nerveux, enfin furieux.

Ayant soigneusement revu son texte, le lendemain, sûr de lui et triomphant il lance à Alain Feydeau à la fin de son élan patriotique :

— Cette fois j'ai tout dit !

— Oui, mais pas dans l'ordre, murmura Alain impitoyable.

Les mots de Feydeau, son grand-père, sont nombreux, je ne déteste pas celui-ci particulièrement coquin. On parlait devant lui du fils d'une actrice célèbre pour ses liaisons tapageuses :

— Ce petit ne quitte jamais les jupons de sa mère.

Le vaudevilliste alors :

— Dites-moi, il doit s'y faire des relations !

Au guichet de la Comédie-Française :

— Deux places s'il vous plaît.

— Pour *Polyeucte* ?

— Non, pour moi.

Dînant au Vaudeville avec Alain Feydeau, je cherche vainement le nom d'un acteur connu. Cela m'agace, je peste contre la mémoire :

— Ah, dis-je, les noms c'est ce qui part en premier !

— Comme le public, répond Alain impassible.

Mon ami Alain n'est pas toujours aussi cynique. C'est de lui que je tiens l'un des plus purs éloges qu'on m'ait prodigué. À l'issue d'une représentation il me fit compliment de ma « politesse de jeu ».

Le public est un étranger qu'il faut savoir apprivoiser, assurait de Max.

C'est vrai. Mais on a beau le vouloir pour ami, il ne laisse pas d'être déroutant et si nous entendions certaines réflexions des spectateurs nous serions bien souvent tentés de rester chez nous définitivement.

On raconte sous le manteau (celui d'Arlequin cela va sans dire) l'histoire d'un couple s'installant pour la première fois dans les fauteuils rouges de la Comédie-Française. On donnait ce jour-là *Le Misanthrope* et *Le Médecin malgré lui* en seconde pièce. Le mari et la femme médusés assistent aux indignations d'Alceste, aux roueries de Célimène et aux perfidies des Marquis sans en avoir retenu grand-chose. Après le dernier acte la lumière revient. Le mari consulte le programme et, l'air hébété devant le nom de Molière :

— Mon Dieu, c'est du même, dit-il, allons-nous-en !

Au cours d'une représentation en Belgique, deux dames très bourgeoises, la quarantaine, en faux Chanel, assistent à la représentation de *L'Aiglon.* On est au dernier acte : Jean Weber crache son poumon entre deux vers de Rostand. La première dame se penche vers sa voisine :

— Je ne savais pas que le duc de Reichstadt était mort tuberculeux.

— Mais non, voyons, répond l'autre, supérieure, c'est l'actrice qui tousse !

Pour ma part j'ai entendu de mes propres oreilles lors d'une représentation de *L'Homme de cendres* d'André Obey, pièce très belle, mais très sombre relatant les ignominies de Dom Juan Tenorio, une dame qui, manifestement déçue, se décomposait au cours des actes et finit par chuchoter à son compagnon :

— Dis donc, ce n'est pas gai *L'Homme de cendres*, moi je croyais que c'était quelque chose de léger...

Curieuse analogie ; cette dame avait dû confondre les escarbilles du mercredi des Cendres avec les confettis du carnaval ; à moins qu'elle ne se soit crue au Palais-Royal, le théâtre voisin où la gaieté et la légèreté étaient généralement de mise, grâce au savoir-faire de Jean-Michel Rouzière.

Plus cruelle est cette réflexion d'un individu déçu lui aussi à l'issue de la représentation de la pièce de Claude-André Puget.

— Ce n'est pas *La Peine capitale* mais plutôt les travaux forcés, dit-il accablé.

Voilà donc ceux pour qui nous donnons notre vie, notre voix, notre imagination et qui, en guise d'éloges, ne trouvent la plupart du temps qu'à s'extasier sur notre mémoire ou, pour nous autres femmes, sur le talent de notre couturier. « Le monde, chère Agnès, est une étrange chose » mais qu'importe ; la vocation seule compte et la fièvre qui nous pousse à ressentir chaque soir les émotions d'une autre. Aucun Club Méditerranée ne nous apporte évasion comparable à celle-là. Elle nous lave du quotidien mieux que les eaux de tous les lagons.

Le Roy nous enseignant les préceptes et les aléas du beau métier assurait qu'on joue chaque soir pour trois ou quatre personnes, selon lui, vraiment capables d'une écoute totale des pensées de l'auteur, du sens de la pièce, de l'évolution des héros et de leurs rapports entre eux. Les autres se contentent d'écouter d'une oreille distraite, ne s'attachant qu'aux effets visuels annexes.

La télévision n'aura fait qu'augmenter le manque d'attention du téléspectateur devant le déferlement d'images qui lui parvient à domicile tandis qu'il parcourt un magazine ou boit son café en bavardant avec sa famille.

De plus, nouvel effet de cet engin barbare, dans une salle de théâtre le spectateur, totalement indifférent maintenant à la concentration du comédien et se croyant toujours devant son téléviseur, donne ses impressions à haute voix tout comme s'il se trouvait dans son salon. C'est ainsi qu'à la fin d'un tableau d'une pièce d'Yves Jamiaque, *L'Azalée*, dans laquelle j'étais la mère de mon propre garçon, j'entendis au premier rang dans le silence, tandis que j'arrosais mon pot de fleur, une dame commentant, pour la moitié de la salle, notre parenté :

— C'est le fils qu'elle a eu de Julien Bertheau.

Heureusement c'était au moment du baisser de rideau, personne n'a vu mon visage ahuri.

« Le public doit être traité comme une femme, écrit Goethe. On ne doit, au fond, rien lui dire que ce qu'il veut entendre. »

Au Japon on dit que les acteurs sont des « verseurs d'oubli » : cette image me plaît. Elle va à l'encontre de certaines assertions visant à faire du théâtre le reflet des horreurs du temps. Déjà assommé, honteux, coupable, le téléspectateur qui se voit imposé sans réserve les désespérances de Sarajevo, de la Bosnie tout entière, des grèves de la faim, des attentats meurtriers, des haines religieuses de l'Irlande, du racisme, des viols d'enfants et des magouilles de tous ordres a-t-il réellement le désir en s'asseyant dans son fauteuil de revivre par la scène toutes ces navrances ? Il n'est pas question de fermer les yeux sur les monstruosités du genre humain. Mais si le divertissement n'est qu'une sorte de vapeur irisée, vite dissipée, au moins cette vapeur, au cours des deux heures de représentation, aura-t-elle permis au spectateur las du quotidien de lui cacher toutes les raisons qu'il a de ne pas être fier de ses congénères.

D'où un désir de montrer sous leur bon et leur mauvais jour, les artisans de ce métier futile qu'il faut faire sérieusement afin que, comme Figaro, nous nous empressions de rire de tout de peur d'être obligés d'en pleurer.

Attention ! Une belle œuvre, un sujet dramatique bien interprétés peuvent nous procurer de l'émotion. Je ne suis pas, en ce cas, contre les larmes.

En février 1978 j'écrivais dans *La Baladeuse* ces quelques lignes avec lesquelles je suis toujours d'accord :

« Quand on doit chaque soir quitter la zone d'ombre des coulisses pour entrer dans la lumière de son autre vie et mettre à nu ses propres sentiments à travers les paroles de l'auteur, la courte portion de temps où l'on s'arrache à soi-même pour devenir sans transition celle qu'on doit représenter est le point culminant d'une panique qui vous a gagnée lentement, insidieusement, depuis quatre heures de l'après-midi... »

On peut comprendre pourquoi certaines actrices de cinéma hésitent à s'imposer ce calvaire. J'aime la réponse de Deneuve à un journaliste qui, pour la énième fois, après avoir évoqué le temps qui passe lui pose la question de son éventuelle prestation sur une scène :

— Mais, dit-elle, je ne vais tout de même pas aller au théâtre comme on va à l'hospice, pour faire une fin. Bien sûr. On va au théâtre parce qu'on en a envie. Envie du contact, des échanges entre scène et salle. Envie de la continuité, de la vie ininterrompue d'un personnage. Envie d'échapper à soi-même.

Elle a raison, Catherine Deneuve, de ne pas considérer le théâtre comme une maison de retraite. L'idéal, évidemment, est de pouvoir alterner. Gérard Philipe en était l'exemple parfait. Beaucoup y parviennent aujourd'hui avec bonheur, leurs noms vous sont connus.

Les baladins... et les baladines ? (Pas de féminin existant à moins de dire Madame le baladin) sont souvent insatisfaits. Font-ils du théâtre, ils rêvent de cinéma. Sont-ils devant la caméra ? Ils souhaitent le public.

Une comédienne comblée, qui a eu la chance de jouer un nombre incroyable de rôles superbes de Claudel à Racine en passant par Shakespeare et Goldoni, se désole publiquement de ne pas jouer quelques personnages, probablement sans consistance, au cinéma. Désolée de ne pas être une star. Mais pourquoi grand Dieu ? Être asservie au miroir aux alouettes qui vous enivre de votre propre reflet, est-ce de l'art ? Se voir agitée à plat sur une toile, est-ce une si grande récompense ? Comme il faut s'aimer.

Pourtant, quelle frustration pour l'artiste de ne pas avoir l'espérance de la représentation du lendemain afin de pouvoir s'améliorer, rectifier ce qu'on a manqué la veille. Au cinéma, une fois dans la boîte — comme dans un cercueil —, tout espoir est perdu. Vous êtes fixée tel un papillon pour l'éternité. Si c'est réussi, évidemment vous risquez de passer à la postérité. Et alors ? Un film auquel on a assisté, à quelques exceptions près, ne vous laisse dans la tête qu'une suite d'images sans relief. Une soirée de théâtre est inoubliable. On en transmet la réminiscence à ses successeurs qui reconstruisent par l'imagination l'instant précieux qu'on leur rapporte avec l'émoi retrouvé.

Et qu'on n'aille pas s'imaginer que je parle ainsi parce que j'ai peu tourné. Ce n'est pas là que j'ai placé mes tentations. Voir mon portrait trente-six fois agrandi affiché sur les Champs-Élysées, ou monter l'escalier du Palais des Festivals à Cannes, peu me chaut.

Ce que j'aime dans le travail, c'est l'élaboration d'un personnage rêvé auquel on donne chair, et cela tout au long de la soirée, quel délice !

J'aurais d'ailleurs tendance à préférer les répétitions à la représentation. La recherche me passionne davantage que l'aboutissement final.

Quand on a voulu vivre par amour pour le métier, on ne peut être amère. Celles qui ont voulu avant tout la célébrité risquent fort de tomber dans les désagréments de l'aigreur.

Et puis, c'est une discipline apprise. N'importe qui ne peut pas s'y jeter sans quelque réflexion. Certaines vedettes de music-hall s'y sont engagées, voyant là une solution de repli. Or se replier implique fatalement la défaite ici comme à la guerre. Je ne parle pas de victoires médiatiques mais de celles remportées, avec le soutien de l'auteur, sur soi-même. Celles dont on est en droit d'être fière parce qu'on s'est refusée à toute concession.

Il est vrai qu'on a besoin, et de plus en plus hélas, de ces questionnaires télévisés ou journalistiques si l'on veut sortir de l'ombre. Comment s'y dérober ?

Jadis on répétait dur, on travaillait, on jouait. Il n'y avait pas d'avant-première. Seule la critique donnait son blâme ou son aval. On se consolait en se disant, comme Flaubert, qu'on fait de la critique quand on ne peut pas faire de l'art, et bonne presse ou non on s'en remettait aux battements de mains du public le lendemain soir.

Voici Diderot qui réapparaît soudain, lançant une évidence qui ne peut manquer de nous faire sourire : « Il faut pour ce genre des auteurs, des acteurs, un théâtre... et peut-être un peuple. » Dame !

Pierre Brasseur considérait à juste titre qu'un « acteur arrivé est un acteur qui ne peut plus avancer ».

Bien sûr la beauté c'est magnifique mais bon, comme dit Gainsbourg : « La laideur est en ceci supérieure à la beauté qu'elle dure. »

« Le génie c'est Dieu qui le donne, mais le talent nous regarde » (Flaubert).

Il ne suffit pas d'aimer une femme pour la rendre heureuse, ce serait trop facile. Il ne suffit pas d'aimer le théâtre pour être une bonne actrice, ce serait trop beau.

Il est pratiquement impossible d'échapper à l'honneur d'être une cible quand on est comédienne. La comédienne appartient au public, à chaque instant on peut le vérifier. Parfois on en reste sans voix malgré la solidité de nos cordes vocales et notre vivacité de repartie.

J'étais tout à l'heure en train de lire, sirotant mon café au milieu de la verdure, quand je vois monter sur le chemin de terre qui jouxte la maison une voiture noire. Quatre hommes en sortent, trente à quarante ans.

Je me lève et vais au-devant d'eux, pensant tomber sur quelques témoins de Jéhovah m'apportant la bonne parole, ce qui m'est arrivé plusieurs fois...

— Messieurs ?

L'un d'eux s'avance.

— Bonjour, madame, on est là-haut — il désigne la colline — en vacances, alors voilà bonjour.

Je suis sur mes gardes. Les séries américaines font éclater tant de coups de revolver au nez des pauvres femmes sans défense. Je feins le détachement.

— C'est à quel sujet, messieurs ?

— Euh ! Eh bien voilà, il paraît que vous êtes actrice, alors, on est venus voir.

C'était donc cela ? Les malheureux, ils devaient s'attendre à voir Sharon Stone ! Je les sens déconfits devant cette petite dame à cheveux blancs, sans fard, qui fait un effort pour leur sourire. L'entrevue ne s'est pas prolongée. Je les ai remerciés pour leur délicatesse, l'un d'eux a fait une caresse à Basile et ils sont repartis plus vite qu'ils n'étaient arrivés, se disant sans doute entre eux :

— Si c'est ça l'actrice !

Eh oui ! Nous ne sommes plus enveloppées de longs voiles gris, une capeline sur la tête comme Sarah Bernhardt, ou en bikini tout silicones dehors comme… pardon je m'égare. Je confonds les comédiennes avec les simili top-models qui les ont remplacées dans l'ordre du défraiement de la chronique.

On dit que les comédiennes sont capricieuses, contradictoires, changeantes… Peut-être. Mais, dit Paul Reboux, écrivain dont la postérité retient surtout les fameuses chroniques « À la manière de… » : « Le changement est la condition même de leur profession. Comment voulez-vous qu'une comédienne garde, sous les masques divers de ses rôles, une attitude identique ? » C'est un point de vue. Pirandello en a admis le postulat dans *Se trouver* : l'héroïne, Donata Lenzi, est possédée par les personnages qu'elle incarne au point de se perdre elle-même, perdant du même coup l'homme qu'elle aime ; Nielsen en effet est désappointé quand il la voit répéter sur scène les gestes avec lesquels elle vient de lui prouver son amour.

On ne peut s'empêcher d'évoquer la jeune fille dont Marivaux est épris et qu'il voit, devant sa glace, reproduire les mines et les attitudes qu'elle vient d'avoir au cours de leur entretien. Écœuré, Pierre Carlet en rompit ses fiançailles.

Après la Donata de Pirandello, voyons la Nina de Tchekhov, pauvre mouette perdue qui a cru en la magie du théâtre jusqu'à en avoir les ailes rognées, puis la tête égarée. Tout aussi navrant apparaît le destin de Colombe, autre petit oiseau, d'abord pure, puis corrompue par la laideur des hommes qui l'entourent, régisseur, auteur, directeur, tous ignobles. Quel que soit leur style et leur façon de traiter le sujet, Pirandello, Tchekhov, Anouilh voient ce métier comme une destruction.

Les monstres femelles qui ont réussi leur carrière comme dans *All about Eve* ne sont guère plus réjouissantes. Ce sont des dévoreuses, écrasant tout sur leur passage. Seul le souci de leur gloire les fait tenir debout. Fermant les yeux sur leurs ridicules, elles refusent de considérer, ainsi que le faisait Sophie Arnould qu'elles sont : « Trop vieilles pour l'amour et trop jeunes pour la mort ».

Bernard Shaw a mis en balance dans l'une de ces critiques deux de ces grands monstres féminins : Sarah Bernhardt et la Duse avec, on le sent bien, une nette préférence pour cette dernière que le chauvinisme des Français n'encouragea pas lors de ses représentations parisiennes.

C'est à Londres que Shaw se servit de la Duse « comme d'un bâton pour frapper Sarah », plus particulièrement dans l'article qu'il publia le 15 juin 1895 dans *The World*, un petit chef-d'œuvre d'observation et d'humour digne du célèbre écrivain :

« Cette semaine a commencé par une rechute, écrit Bernard Shaw, Sarah Bernhardt est retournée à son ancien métier d'actrice sérieuse. Elle a joué Magda dans *Heimat* de Sudermann, et s'est retrouvée aussitôt menacée par la Duse qui joue le même rôle à Drury Lane, depuis mercredi. Le contraste entre les deux Magda est aussi grand que puisse être la différence entre deux artistes qui ont achevé leurs vingt années d'apprentissage d'une même profession dans des conditions assez voisines.

« Madame Bernhardt a le charme d'une maturité heureuse… Ses lèvres ressemblent à une boîte aux lettres fraîchement peinte, et ses joues, jusqu'aux cils languissants, sont comme la fleur et la peau de la pêche ; elle est comme la beauté de son école, et aussi inhumaine que peu crédible. Mais ce manque de crédibilité est pardonnable, car, bien que ce soit parfaitement imbécile, personne n'y croit, l'actrice moins encore que les autres, c'est tellement artificiel, tellement intelligent, tellement accepté comme faisant partie du jeu, et emporté avec un tel génie, qu'il est impossible de ne pas l'accepter avec humour.

« L'on a, quand l'héroïne bondit sur la scène, une vision époustouflante de beauté qu'au lieu de vous imposer elle ne fait que relever en vous regardant droit dans les yeux, avec l'air de dire : “ Maintenant qui irait deviner que je suis grand-mère ? ” »

Cette question fanfaronne de la triomphante Sarah prend un sens particulièrement saumâtre quand on pense que des années plus tard on devait l'amputer. Malgré ce handicap la vaillance de l'actrice la poussa à reparaître en scène avec sa jambe de bois. Un soir, le dessinateur Forain est dans la salle. On frappe les trois coups. Forain se penche vers son voisin et lui murmure à l'oreille :

— La voilà !

« Tout ceci est justement ce qui n'arrive pas dans le cas de la Duse, dont chaque rôle est une création particulière, poursuit Bernard Shaw, reprenant son parallèle entre les deux monstres sacrés. Quand elle apparaît sur scène, n'oubliez pas de prendre vos jumelles de théâtre et de compter les rides que le temps et les peines ont déposées sur ses traits. Ce sont les marques de son humanité.

« La Duse a vingt-cinq ans d'avance sur la plus

jolie femme du monde. Mais d'un simple tremblement de lèvres que vous ressentez plus que vous ne le croyez, et qui ne dure qu'un instant, elle vous touche droit au cœur ; et il n'y a pas une seule ride sur son visage, ou une nuance froide dans l'ombre grise qui ne rende plus poignant encore ce tremblement. »

Puis il passe enfin à un passage de la pièce où Eléonore Duse, alias Magda, saisie de la honte de son personnage en vient à rougir de plus en plus fort. Il comprend alors, après cette prouesse, la raison pour laquelle elle ne met pas un pouce de maquillage. Si grande soit-elle, il doit bien se rendre à l'évidence, la sublime, la divine a également un « truc » !

Les biographes ont tous écrit que la Duse pouvait rougir à volonté : c'était pour une part le côté « naturel » de ses représentations, comme la capacité — partagée par beaucoup de membres de sa profession — à pleurer sur commande.

En réalité, avec la disparité de leurs moyens, les deux grandes comédiennes ont leurs « artifices » personnels depuis l'art consommé des attitudes et du maquillage de Sarah à l'excès du naturel très étudié de la Duse qui ne se farde pas parce qu'elle a la faculté de rougir à volonté.

J'admire autant l'une que l'autre.

Tout aussi fabuleusement menteuse m'est apparue en coulisses Berthe Bovy bavardant en ma compagnie de la pluie et du beau temps. Brusquement en entendant se dérouler en scène les répliques de Seigner et Jean-Paul Roussillon dans *Poil de Carotte*, elle change de figure et me montre les premières larmes de Madame Lepic qu'elle provoque je ne sais comment avant d'entrer dans le décor, le visage inondé, remplie d'un désespoir créé dans la seconde sans la moindre émotion.

Alors, qu'en est-il ? Larmes fausses ou réelles ? teint de pêche savamment coloré ou visage blême rougissant à la demande ? Laquelle de ces trois femmes est-elle profondément vraie ? Aucune ou toutes les trois. Même chose pour les hommes.

De celui qui « joue simple » avec la plus feinte des modesties ou de celui qui fonce en se livrant à ses instincts débridés, lequel est le plus authentique ?

On peut en revenir à la Grèce où le terme de comédien se dit *hupokritês*.

Bien sûr, nous sommes des menteurs, des menteuses. Nous nous mentons à nous-mêmes, sinon nous ne pourrions pas exister dans la fausse vérité de nos personnages, qu'ils rient, souffrent, aiment ou trahissent. Avant de raconter devant le public l'histoire de leur vie, nous devons d'abord nous la raconter. Comme on fait à l'enfant pour l'endormir. Cela s'appelle jouer.

Pour cette raison, j'avance à mes risques et périls que la comédienne d'il y a quarante ans, palpitant des cils et agitant son éventail, n'est pas plus à blâmer que celle qui aujourd'hui rampe sur le sol, se servant habilement du désespoir de la chevelure dont elle se voile le visage.

On peut parodier Perdican répondant à Camille à propos du prêtre et du gondolier :

« Il y en a une, assise sur son fauteuil, une autre qui est par terre. Je n'y vois pas autre chose. »

L'essentiel est que le public soit content... Et l'artiste aussi. Je ne pense pas, ainsi que le prônait un acteur aujourd'hui disparu, que « le spectateur ne s'intéresse qu'à la perversité, à la folie, au sang, à la mort ; que le jeu est une crucifixion et les applaudissements des gifles que l'on reçoit comme la dernière punition de la soirée » — sic.

Si vous croyez que c'est drôle d'être acteur dans ces conditions ! ! !

Mais me diras-tu, cher spectateur, pourquoi faisons-nous ce métier si cruel, si épuisant, parfois si humiliant ?

« Lorsqu'on a mis le pied dans la fatale carrière du théâtre, il faut la parcourir jusqu'au bout. Épuiser ses joies et ses douleurs. Boire son miel et sa lie.

« Il faut finir comme on a commencé, mourir comme on a vécu, mourir comme est mort Molière au bruit des applaudissements, des sifflets et des bravos.

« Mais lorsqu'il en est encore temps, ne pas prendre cette route. Lorsqu'on n'a pas franchi la barrière il faut n'y pas entrer, croyez-moi, sur mon honneur croyez-moi. »

Ainsi s'exprime Kean à travers le texte de Dumas.

Au XVIIIe siècle l'admirable tragédien Le Kain, petit et laid, la taille lourde, les hanches arquées, faisait oublier ces handicaps par « une sensibilité forte et profonde qui ne laissait apercevoir que la passion dont son âme était remplie ».

Le roi Louis XV lui-même affirmait :

— Moi qui ne pleure guère, Le Kain m'a fait pleurer.

En entrant en scène le tragédien entendit un soir, venu de la salle, ce cri désobligeant :

— Ah ! qu'il est laid !

Et de la même voix un peu plus tard :

— Ah ! qu'il est beau !

À force d'étude il avait transformé sa voix naturellement voilée.

Grimm écrivait qu'il n'avait jamais entendu « aucune voix humaine dont les inflexions fussent plus variées, plus fortes et plus tendres, d'un pathétique plus touchant et plus terrible ».

C'est la belle victoire remportée par l'art sur le physique... Le Kain eut de nombreux triomphes, y compris féminins, malgré sa laideur. Cependant voici ce qu'il répondit à un jeune homme attiré par le métier :

« Ceux qui sont nés pour être comédiens suivent l'inspiration de leur génie sans demander conseil à qui que ce soit... Hélas, qui au monde a été plus que moi blessé par les épines et, malgré cela cependant, mes ennemis eux-mêmes avouent que j'ai un grand talent.

« À quoi donc doit s'attendre celui qui court après la gloire sans l'atteindre jamais ?

« Il est vrai qu'il y a un moyen d'avoir des succès sans talent, il y en a même deux : arrogance et impudeur. Mais vous me semblez incapable de vous servir de tels moyens. »

Mademoiselle Clairon livrait à Le Kain une guerre acharnée. Il finit par lui faire une proposition :

— Permettez-moi de me venger de vous en m'accordant une de vos nuits.

On assure que Le Kain eut sa vengeance. Clairon le seconda ensuite, devenant son alliée dans le travail considérable de réforme de la scène qu'il entreprit. Sur son initiative le comte de Lauraguais fit supprimer en 1759 les banquettes qui encombraient le plateau. Le Kain bien avant Talma, et sans le soutien de David, s'attacha à la réforme du costume et de la décoration scénique. Enfin on lui doit les statuts d'une École royale dramatique dont il obtint le privilège et partagea la fondation avec Préville — ceci dès l'avènement de Louis XVI.

Voilà un homme.

Et homme, Le Kain le fut jusqu'au jour de sa mort qui survint en 1778 à l'âge de quarante-huit ans, dans les bras d'une séduisante jeune femme, alors qu'il goûtait, avant de frapper chez saint Pierre, les derniers plaisirs du paradis terrestre…

7

Cabotinage et feu sacré

« — Vous pataugez dans mon texte, monsieur.
— Tant mieux, monsieur. Cela porte bonheur. »

« Personne dans un théâtre n'a moins d'importance que l'auteur de la pièce. »

Tristan Bernard

Jean Cocteau dit que tout succès est un malentendu. En tout cas nous le savons bien par Feydeau : « L'auteur écrit une pièce, l'acteur en joue une autre, le public en entend une troisième. »

On pourrait presque dire que la critique en analyse une quatrième, trouvant parfois un sens abstrait à propos de certaines œuvres nées beaucoup plus simplement qu'ils ne le démontrent.

Il en est ainsi de *Huis clos* écrit par Sartre à la demande de Camus pendant l'Occupation.

Les deux hommes avaient représenté un soir chez les Leiris, une pièce de Picasso intitulée *Le désir attrapé par la queue.* La compagne de Picasso, Dóra Maar et Simone de Beauvoir interprétaient les rôles féminins. Camus présentait et commentait l'ouvrage. Sartre, Queneau, Picasso tenaient les autres rôles. La pièce était un lointain reflet des *Mamelles de Tirésias.* Cette expérience avait amusé Sartre au point qu'il voulut écrire un quatuor.

La pièce se déroulerait sans entracte à cause du couvre-feu. Il restait à déterminer pourquoi quatre personnages pouvaient se trouver dans un salon sans possibilité d'en sortir.

— Collons-les en enfer, dit Sartre.

Et il écrivit *Huis clos* en quinze jours sur un guéridon du Flore.

Gaby Sylvia en me contant la chose s'en amusait :

— Il n'y avait rien de métaphysique là-dedans, disait-elle, rien que l'habileté d'un bon dramaturge.

Ni Sartre, ni Camus ne la créèrent. Elle vit le jour au Vieux-Colombier avec Raymond Rouleau comme metteur en scène. L'un des plus grands succès de l'Occupation. Gaby Silvia, Tania Balachova, Michel Vitold en étaient les beaux interprètes.

Ce genre d'histoire me réjouit au même titre que les sucres oubliés sur le feu du duc de Praslin, qui en fit les célèbres bonbons.

Autre preuve que les auteurs dramatiques sont souvent plus simples que les interprètes. Il s'agit d'une pièce de Dubillard : *Si Camille me voyait,* que Pierre Dux fit entrer il y a quelques années à la Comédie-Française ainsi que d'autres auteurs modernes, et cela sous l'égide de son futur successeur Jean-Pierre Miquel. Jean Piat fut désigné comme metteur en scène.

Dubillard nous donna au foyer une lecture de premier ordre. Il ne restait qu'à copier le ton et la singularité dont il venait de faire la démonstration. Jean avait bien travaillé sur l'ouvrage onirique et arriva avec de jolies idées. Alain Feydeau, Bernard Dhéran, Myriam Colombi adhéraient aux desiderata de Piat. Pour ma part je m'amusais fort avec ce personnage, Denise, qui se transformait en cheval. Je m'étais réglé pour cette métamorphose une petite chorégraphie croquignolette. Plus nous avancions, plus la pièce s'obscurcissait. Nous ne savions pas vraiment à quoi tenait ce phénomène. Peut-être au fait que nous tentions d'ajouter de la poésie à une pièce qui en comportait suffisamment. Enfin Jean à quelques jours de la générale eut l'excellente idée d'inviter Dubillard à venir voir notre travail.

Selon la mise en scène, Bernard et Alain commencèrent, en marchant au ralenti, comme dans un rêve. Je vis l'auteur se rembrunir. À la fin de la répétition, sans bouger de sa place, de cet air endormi qui était le sien :

— Oui... Oui..., dit-il. Ce n'est pas cela du tout.

Nous nous transformâmes en granit, tandis que Jean, lui, se désintégrait.

Alors, très simplement, Dubillard expliqua qu'il n'était pas nécessaire d'ajouter de l'irréel au rêve et que la chose devait se jouer sans effets particuliers, de façon quasi quotidienne.

Vint mon tour :

— Micheline Boudet est très bien mais elle n'est pas assez triste.

Avec beaucoup de modestie Jean demande des précisions à ce propos.

— Pourquoi, dit-il, voyez-vous Denise comme un personnage triste ? Est-ce en raison de l'espace qui autour d'elle s'amoindrit ? Sa transformation en cheval est-elle le symbole existentiel qui la projette vers la mort ?

Alain me glisse tout bas :

— C'est la mort du petit cheval.

Nous attendons la réponse de Dubillard. Moi surtout qui voudrais, comme Jean, savoir pourquoi je dois être triste. La réponse vient, nette, logique.

— Non, non... C'est parce que je veux qu'elle soit triste, c'est tout.

Rien à dire nous avons rengainé notre « philosophie dans le cauchemar ». Et puisque l'auteur le désirait je fus triste à souhait.

Troisième exemple analogue que je rapporterai tel que je l'ai entendu conter dans les couloirs de la Comédie.

On répétait *Le Soulier de satin*. Claudel, ce jour-là, était absent. Or, voilà que Jean-Louis Barrault bute sur une phrase si compliquée qu'il ne parvient pas à en extraire le sens. Chacun des interprètes a une idée là-dessus et y va de son opinion personnelle. Jean-Louis, dubitatif, décide de laisser de côté le passage en question et de demander au maître sa pensée dès qu'il sera présent.

Le lendemain Claudel s'installe dans la salle. Au moment crucial Jean-Louis arrête la répétition, descend jusqu'à l'auteur par le petit escalier de bois et lui montrant la brochure lui avoue son embarras :

— Pouvez-vous, Maître, éclaircir pour nous le sens de cette phrase ?

Alors Claudel prend le texte, le lit :

— En effet, dit-il tranquillement, cela n'a aucun sens, coupez la phrase, ce sera plus simple.

Il va sans dire qu'il s'agit là de trois cas particuliers que j'ai voulu citer comme une curiosité mais dont il ne faudrait pas faire une généralité. Reste que Claudel est un grand poète, Jean-Paul Sartre un écrivain dont l'éloge n'est plus à faire, Dubillard un auteur au ton singulier. Mon dessein n'était que de lancer quelques pépites perfides dans le creuset de l'Art Dramatique.

Pour servir ces auteurs, il faut des comédiens. Nous avons vu que l'instinct de certains d'entre eux vaut largement la cérébralité de certains autres. Ainsi Madeleine Renaud dont son mari disait :

— Madeleine est un génie qui ne sait pas lire.

À certaines réflexions de Madeleine on a pu plusieurs fois vérifier cette assertion qui dans l'esprit de Barrault n'avait rien de péjoratif. Madeleine ne lisait peut-être que son seul rôle, mais est-ce important si elle l'interprétait à la perfection ?

Je viens de revoir à la télévision les répétitions filmées de *Savannah Bay*. Le face-à-face Duras-Renaud m'a une fois de plus enchantée.

Aux indications de Marguerite, Madeleine répond par sa création personnelle. Exécutant ce que lui réclame l'auteur, elle transpose, la prenant à son compte, la suggestion de Marguerite, et la supplante par son invention personnelle.

Duras, à un certain moment, demande à l'actrice d'exprimer un grand désespoir.

— À ce point-là ? s'insurge la comédienne dont la pudeur et la mesure sont en contradiction avec cette proposition excessive.

— Évidemment, comme on a envie de mourir quand on ouvre le journal le matin. Cela ne t'est jamais arrivé ?

— Oh non ! réplique Madeleine, placidement, jamais !

— Enfin ! Le malheur de certains pays opprimés ne te donne pas envie de mourir ?

— Jamais. Rien ne me donne envie de mourir. (Puis se jugeant trop implacable elle ajoute :) Je suis triste de la mort de mes amis, bien sûr.

Duras soupire. Il ne s'agit pas de cela. La répétition se poursuit. Madeleine travaille, petite fille obéissante, naïve semble-t-il. Elle trouve toujours les jeux de scène trop longs. Les longueurs ont été de tout temps son obsession de comédienne, on verra tout à l'heure à quel point.

Fin de la répétition. Bulle Ogier, Marguerite Duras, Madeleine Renaud sont assises autour d'une table. Elles font le point. Madeleine s'exprime peu. Enfin Duras s'enquiert de ce que pense l'artiste.

Madeleine, le texte devant les yeux, parle enfin. Sa voix douce cache-t-elle une perfidie ou une intention profonde ?

— Quand je suis plongée dans une œuvre pareille..., dit-elle.

Tout le monde retient son souffle, y compris moi-même devant mon téléviseur.

Après un temps très savant elle dit simplement, en posant sa brochure :

— ... Eh bien, j'attends.

Voilà tout. Elle attend quoi ? Elle ne sait pas, elle attend que « ça vienne » comme nous disons entre nous. Ce qu'elle appelle une « œuvre pareille » semble sous-entendre qu'elle n'y comprend pas grand-chose, elle fera front néanmoins — même si elle bout intérieurement — jusqu'au triomphe de la générale.

Marguerite Yourcenar, dont la construction littéraire était Caravelle, comparée aux bateaux de papier de Marguerite Duras, eut un mot coup de fouet à son propos, alors qu'elle faisait la moue devant les amis qui essayaient de sauver du naufrage l'auteur de *Moderato Cantabile*.

— Avouez tout de même qu'elle a de beaux titres, avança l'un de ses hôtes.

— Oh, dit Yourcenar indignée, c'est ça oui, *Hiroshima mon amour*, et pourquoi pas *Auschwitz mon chou*?

Marguerite Duras estime que le théâtre n'existe que si l'on y trouve le tragique. Selon elle tout est tragique. Y compris Molière bien sûr. Je n'entamerai pas de polémique à propos de cette conviction. Elle aime les tragédies « parce qu'on fait beaucoup de voyages dans les tragédies, on passe les mers », dit-elle. Joli.

Madeleine Renaud, comme tout le monde, eut dans sa vie beaucoup de surnoms. Ayant la réputation d'être très avare on l'appelait « Bas-de-laine Renaud », ou bien, lorsque au Français jadis elle entretenait d'excellents rapports avec Granval, le père de son fils, son ancien amant, Bertin, et Barrault, son nouveau mari, quelqu'un l'avait surnommée : « La Guerre des Trois n'aura pas lieu ».

L'une de ses dernières apparitions théâtrales dans *Les Salons* fut pour nous offrir le personnage de Madame du Deffand dans son « tonneau ». La pièce, construite par Bernard Minoret et Claude Arnaud d'après la correspondance de la célèbre aveugle avec Horace Walpole, mettait en parallèle Julie de Lespinasse et son amour pour Guibert. Nicole Courcel y entrait en agonie, soutenue par Michel Duchaussoy. Madeleine faisait la grimace. C'était en quelque sorte, selon Minoret, une « Madame Lepic déguisée en Araminte ».

Bernard était frappé du fait que seul comptait pour elle le rôle dont elle était préoccupée dans le moment. Le pire des vaudevilles lui aurait paru alors cent fois plus intéressant que les beaux textes qu'elle avait joués précédemment. Ce n'était pas le cas pour *Les Salons.* Elle y disait des passages admirables. Pourtant elle butait sur le mot pissenlit qu'elle trouvait laid.

Cette fois encore elle s'inquiétait des longueurs :

— Vous ne trouvez pas, dit-elle à Claude Arnaud et à Minoret, que le passage de la mort est trop long ?

— Jamais de la vie, répliquent les auteurs, ce monologue est si beau, vous le dites si admirablement, on ne va pas couper dans votre monologue, voyons.

— Non, non, dit-elle avec une grande candeur, pas dans le mien, dans celui de Nicole.

À l'enterrement de Jean-Louis Barrault, son époux depuis près d'un demi-siècle, elle écoute la messe, puis l'homélie du prêtre, puis quelques beaux textes, de la musique, encore des textes...

Alors elle se penche vers sa voisine, et au milieu de son chagrin :

— Il y a des longueurs, dit-elle.

Quand la comédienne prend le pas sur la veuve...

Restons un instant dans le royaume de la mort avec ce mot de Samuel Beckett à qui l'on demandait s'il avait fait du sport dans sa vie :

— Je n'ai fait qu'un peu de marche en suivant les enterrements, avoua-t-il.

Et Lucien Guitry, accompagné de son fils Sacha derrière le corbillard d'une de leurs connaissances. Le trajet est interminable, la chaleur insupportable.

— Je commence à le regretter, dit Lucien en s'épongeant le front.

Labiche est sur son lit de mort. Son fils, dont la femme est montée au ciel six mois plus tôt, lui demande en pleurant :

— Quand tu verras Lucie là-haut, je t'en prie, dis-lui que je l'aime toujours.

Labiche ouvre un œil et, amer :

— Tu ne pourrais pas faire tes commissions toi-même !

Enfin le plus superbe. Jeanne Sully, disparue il y a peu de temps, reçoit la visite de Jean Darnel, à Pont-aux-Dames.

La fille de Mounet-Sully est très âgée, elle a quelque peu perdu la notion du temps.

— Comment se porte Robert Vidalin ? demande-t-elle à Jean.

Celui-ci, embarrassé, répond avec précaution que le tragédien nous a quittés depuis des années.

— Et Paul Mounet ? Comment va Paul Mounet ?

— Mais, madame, Paul Mounet est mort en 1922.

Et Jeanne exaspérée :

— Et alors ? Ce n'est pas parce que les gens sont morts qu'il ne faut pas prendre de leurs nouvelles !

Il m'arrive de me reprocher mon goût de « l'autrefois ». Jusqu'ici je comprenais mal les comédiens, les comédiennes qui refusent leur passé, le repoussent et prétendent n'être intéressés que par le présent.

Et puis, Sénèque m'a appris que la vie se divise en

trois périodes : « ce qui a été, ce qui est, ce qui sera » !

La période du présent est fugace, celle du futur est incertaine. La seule dont nous soyons sûrs est celle du passé. Il s'agit de la partie de notre temps qui est sacrée, inviolable. Le temps présent est très bref, toujours en mouvement, il s'écoule en toute hâte, à peine si l'on peut s'en saisir.

Tandis que « tous les jours du passé se présenteront, à votre demande, et se laisseront examiner et conserver selon votre volonté, ce que n'ont pas le temps de faire les gens accaparés par leurs occupations ».

« C'est le privilège d'un esprit serein et tranquille que d'arpenter toutes les parties de sa vie. »

Je tiens de Teddy Bilis les démêlés fameux entre Jean Debucourt et Jules Romains au cours des répétitions de *M. Le Trouhadec saisi par la débauche.* De grands comédiens travaillent sous l'œil de l'auteur : Berthe Bovy, André Brunot ; et Jean Debucourt qui interprète le rôle-titre. Il n'a pas dû se pencher beaucoup sur son texte. Jules Romains, ainsi que la plupart des auteurs, tient à sa virgule comme à la prunelle de ses yeux. Or, Debucourt bafouille, cafouille, s'empêtre. L'écrivain, lui, a du mal à se contenir, enfin il ne se contient plus, éclate, vocifère et c'est le scénario habituel :

— Rendez-moi ma pièce.

— Avec joie. Tenez, la voilà votre pièce. C'est une honte !

— C'est bien mon avis, c'est une honte. Bonsoir, monsieur !

— Bonsoir, monsieur…

Et Romains, outragé, sort du foyer en claquant la porte. Le lendemain, car il y a toujours un lendemain, on répète sur le plateau. Que va-t-il se passer ?

Mais rien, ou presque. Les deux adversaires font leur entrée chacun de son côté, Debucourt, piteux d'être revenu sur son mouvement d'humeur, ne daigne pas offrir le bonjour à Romains. Celui-ci, timidement, s'approche, ayant en main deux de ses ouvrages, deux exemplaires brochés, dédicacés, qu'il confie précieusement à son interprète. Debucourt rougit jusqu'à la racine de ses cheveux roux et se fond en gratitude. Les autres, qui savaient leur texte la veille, font une drôle de tête. Voilà la récompense de leur professionnalisme, c'est à vous dégoûter de faire son métier proprement !

La répétition commence, les premières répliques s'enchaînent assez bien, puis Debucourt à nouveau s'arrête, reprend, coupe trois pages, remonte en arrière et rebafouille et recafouille, il finit par s'arrêter. Un silence lourd de menaces pèse sur le plateau. Jules Romains, malgré sa petite taille, ressemble tout à coup à la statue du Commandeur face aux comédiens qui ont l'air de faire un arrêt sur image.

Alors André Brunot rigolard se glisse dans le dos de Debucourt et lui murmure :

— Tu vas avoir une bibliothèque.

Ce n'est sûrement pas à Debucourt que pouvait s'appliquer la phrase de Léautaud, qui, venant d'un critique dramatique, m'a toujours fait mourir de rire :

— Ce qui me gêne le plus au théâtre c'est le bruit que font les acteurs en parlant !

Aux environs de 1890, Lucien Guitry, Alfred Capus, Jules Renard et Tristan Bernard s'étaient nommés les trois mousquetaires et se réunissaient chaque jeudi pour un déjeuner largement assaisonné de petites vacheries dont leurs connaissances parisiennes faisaient les frais. Cette amitié d'auteurs, où est-elle aujourd'hui ? Quels sont ceux qui se rencontrent, échangent leur idées, parlent de leurs travaux ?

Ces quatre hommes s'aimaient vraiment, assure H. Gidel dans son merveilleux ouvrage sur *Les Deux Guitry*.

Un jour, tandis que les mousquetaires se régalent des huîtres d'Ostende dont ils raffolent :

— Vous savez la nouvelle, dit Tristan, Paul Godard est décédé. On ne sait d'ailleurs pas de quoi il est mort.

— Il est vrai, répond Capus, qu'on ne sait pas non plus de quoi il vivait…

Suivaient des saillies et des mots d'esprit qu'il m'est impossible de rapporter dans leur totalité. Celle-ci pourtant de Tristan ayant bavardé la veille avec le chroniqueur Émile Bergerat.

— Il m'a fait pitié le pauvre, il boite ! il a mal aux pieds.

— Dame, à force d'écrire ! lâche Capus.

Là-dessus les trois mousquetaires décident de s'en prendre à la cupidité de certains comédiens. Renard remarque :

— Voyez notre grande Sarah qui, aussitôt après être morte au cinquième acte, se relève et court à la caisse pour savoir combien ça lui a rapporté de mourir pour nous.

Et ces messieurs continuent à parler de ces dames, de leurs qualités, de leurs travers, et surtout de l'argent qu'elles leur coûtent.

— C'est vrai, soupire Renard, la femme est un roseau dépensant !

Elles profèrent d'exquises bourdes selon eux. L'une d'elles à qui on reprochait ses confidences trop publiques répondit ingénument :

— Qu'est-ce que ça peut faire que je le dise à tout le monde puisque c'est sous le sceau du secret ?

Ma grande chance est d'avoir eu un maître, et quel maître, Georges Le Roy. Sans doute le meilleur de tous les professeurs d'art dramatique. Un enseignement qui perdure des années, toute la vie. Son amour, que dis-je, sa vénération pour un métier qu'il mettait au plus haut niveau, niveau quasi mystique, il nous le transmettait.

Longtemps j'ai gardé ce petit carnet noir sur lequel, pendant la classe, je notais les préceptes du Maître :

Mesure — Clarté — Sincérité — Musique.

La langue française inscrit dans sa musique l'accent tonique sur la fin de la phrase. C'est ainsi. Voilà pourquoi Le Roy exécrait la diction fragmentée qui découpe la proposition en tranches en enlevant ainsi toute clarté. Bien des comédiens ferment malencontreusement le sens, soit après le sujet, soit après le verbe, croyant faire preuve d'originalité alors qu'ils ne parviennent qu'à articuler des brouillons de phrases. C'est pourquoi aux quatre commandements de l'acteur précédemment cités Georges Le Roy ajoutait :

— Respectez *la ligne droite*!

Enfin, lorsque le Maître surprenait un de ses élèves, s'époumonant, ou s'agitant avant d'entrer en scène, il recommandait :

— Ne lâche pas ton cheval en coulisses...

Gérard Philipe n'a jamais failli à l'enseignement de Le Roy. Devenu l'étoile du TNP, et malgré son attachement à Vilar et avec l'accord de celui-ci, il allait toujours auprès du Maître travailler ses rôles.

Georges Le Roy avait une passion pour Gérard Philipe, que celui-ci lui rendait avec usure, au point qu'il n'hésita pas à se jeter un matin depuis le premier étage de la classe parce que son professeur lui avait dit :

— Saute, tu es un archange, Gérard, tu vas t'envoler.

Résultat : l'élève Philipe arriva au cours la jambe plâtrée les jours suivants. Bien entendu, nous avions tous apposé nos signatures sur l'aile raidie de l'ange présomptueux.

Le Roy était droit comme un I, le visage taillé, buriné, noble. Il avait un geste de la main, doigts tournés à hauteur de la bouche paume vers le sol qui oscillait de haut en bas quand il cherchait à exprimer une idée ou donner une indication. Il est l'auteur d'une *Grammaire de la diction française* qui fait référence encore aujourd'hui et que les jeunes gens peuvent consulter, ou se procurer dans les librairies spécialisées.

— La première qualité d'un acteur, disait Le Roy, est de se faire entendre du public. De placer sa voix dans le médium et d'articuler.

Cela n'exclut en rien le naturel, tout s'apprend ! Fantasio le dit : « Il faut apprendre pour faire une omelette ! »

Quand j'ai vu Jean-Luc Boutté, admirable dans *Père* de Strindberg, j'ai été heureuse de lui dire qu'à sa magistrale interprétation il joignait le respect du classicisme cher à Le Roy. Jean-Luc Boutté savait qui était Le Roy. Dans ses beaux yeux verts j'ai vu combien il était touché de cette référence.

Jean-Luc avait choisi ma fille, Marie, pour figurer dans *Le Roi s'amuse* une dame de la cour : pas de texte, juste quelques places à prendre dans le fond du décor, derrière Roland Bertin-Triboulet.

Loin de se plaindre de cette expérience muette, Marie s'en réjouit encore aujourd'hui.

— Ne pas avoir à parler m'a permis de mieux écouter, dit-elle.

Elle écoutait Jean-Luc diriger ses acteurs, comme il jouait, avec une grande économie de moyens ; pas d'ordres, pas de phrases redondantes et obscures, mais un canevas des personnages que les interprètes devaient ensuite tisser eux-mêmes.

Et puis il y eut cette matinée du *Roi s'amuse*, une de ces matinées du dimanche dont les acteurs n'ont jamais envie, trop de fatigue, public peu attentif, et puis… travailler le jour, quelle horreur !

Roland Bertin était rompu d'épuisement pour avoir déjà joué la veille le rôle écrasant de Triboulet et, comme le reste de la troupe, il se rendit sur le plateau à reculons. Mais, juste avant le lever de rideau, la passion du jeu reprit ses droits.

— Tu vois, dit-il à Marie, il y a peut-être dans la salle un enfant qui vient pour la première fois, c'est pour lui que je vais jouer, pour lui donner le goût du théâtre.

À une époque où tant d'acteurs se soucient de leur image et de leur notoriété, cette valeur du don de soi, ce désir de faire naître le plaisir et la passion chez le public a touché Marie au point qu'elle en a tiré une ligne de conduite.

Jean-Luc Boutté et Roland Bertin ont fait passer un peu de leur flamme dans le cœur de la débutante. Avec fierté Marie les appelle « Mes Maîtres », elle revendique cet héritage classique et laborieux, au sens noble du terme. Notre art est aussi un artisanat.

Après un demi-siècle, mes retrouvailles avec un autre élève du Conservatoire, Daniel Ivernel ont été un vrai bonheur. Chaque soir Daniel était dans ma loge tandis que je me maquillais, attendant d'entrer en scène pour séduire Guy Tréjan dans la comédie de Douglas Home, *Le Martin-Pêcheur* (*The Kingfisher* en anglais). Nous remontions le fil du temps. Nous parlions de Jacques Charon qu'il vénérait littéralement. Puis de Gérard Philipe.

Moi j'avais les souvenirs de ce grand garçon poussé en graine, ce jeune premier qui ne rêvait que de jouer les « cassures » et me donnait la réplique d'Orgon ou bien faisait en classe une imitation irrésistible de Tino Rossi ou de notre professeur.

Daniel me racontait leur succès dans *Lorenzaccio.* Un soir, enivrés d'eux-mêmes, Gérard en Lorenzo et Daniel en Alexandre, persuadés de l'énorme effet de leur interprétation, se font « recevoir » en coulisses par Jean Vilar, droit comme un général d'armée :

— Mes enfants, vous confondez *Lorenzaccio* et *La Belle de Cadix*. Gérard, tu n'es pas Luis Mariano ! Et toi, Daniel, tu te prends pour Bourvil ?

Précisons que ce discours aux deux comédiens se tenait devant les trente acteurs de la troupe, hilares !

— Nous étions atterrés, raconte Daniel ; en même temps, Vilar trouvait toujours un moyen tendre et drôle de dire les choses sans nous blesser ; le premier moment de stupeur passé, nous avons ri. Vilar nous a pris dans ses bras, puis il a ajouté :

— Allez, maintenant, mes enfants, c'est à vous.

— De retour en scène nous avons sobrement réintégré les créatures de Musset et piétiné vaillamment nos vanités respectives, avoue Daniel.

Vilar n'était pas l'homme d'excessive rigueur dont on parle tant. Il se passait toujours une bonne demi-heure de bavardage léger avant chaque répétition, sans doute est-ce pour cela qu'il écrivit à l'intention de Jean-Pierre Jorris ce charmant aphorisme :

« L'amour du théâtre ne va pas sans quelque nonchalance. »

Daniel affirme, et je le crois, que durant toute sa carrière il n'est jamais resté, ainsi que nous le faisons chaque soir, à bavarder avec son ou sa partenaire, avant de jouer. Que d'histoires nous nous racontons, tandis que la gentille et fine Sylvie nous apporte un petit café avant de nous habiller ; café qui, la plupart du temps, se renverse sur le polo de mon interlocuteur.

— C'est curieux, dit-il, les taches me sautent dessus comme des puces.

Il parle avec respect de Dullin qui l'a fait débuter et de Brunot son professeur au Conservatoire. C'est touchant de voir ce jeune garçon de soixante-quinze ans, le créateur inoubliable de Beckett, parler de ses maîtres en disant Monsieur Dullin, Monsieur Brunot...

Depuis le fameux concours où je lui donnais la réplique dans *Peer Gynt*, malgré nos vicissitudes respectives et quelques drames, nous sommes émerveillés de nous sentir si enthousiastes, et surtout heureux de jouer ensemble après tant d'années. Ainsi certaines routes d'amitié divergent, d'autres se rejoignent. Nous avons aimé jouer ce *Martin-Pêcheur.* La presse a été bonne pour les comédiens mais l'ouvrage a été jugé désuet. Nous ne sommes pas allés jusqu'à Noël, mais qu'importe, nous avions eu notre cadeau arrosé du champagne de nos optimistes directrices, France et Marie-France.

L'un des grands privilèges de notre métier — il y en a d'autres — est de ne pas s'ennuyer en scène. Pour ma part j'ai toujours eu ce bonheur. Certes, il m'est arrivé d'être lassée après trois cent cinquante représentations, et de me rendre au théâtre la mort dans l'âme, mais une fois sur les planches je retrouve mon tonus et mon envie.

Certains s'étonnent qu'on puisse avoir été l'interprète des classiques et se « galvauder » dans ce théâtre dit de digestion où il s'agit de provoquer la bonne humeur et les rires du public.

Je l'ai fait en toute bonne foi et je n'ai pas honte de dire que souvent cela m'a beaucoup divertie. J'ai essayé de ne pas tomber dans la facilité et la complaisance, et de garder dans mes rôles d'évaporée, de femme dynamique et enjouée, un ton de bon aloi.

On tend de plus en plus à s'écarter du carcan d'autrefois que représentait « l'Emploi ».

On s'aperçoit qu'il s'agit un peu d'un leurre, certaines barrières sont infranchissables. Avec mon tempérament vif, mon mètre cinquante-huit et mon nez retroussé j'ai plutôt l'air d'un moineau que d'une mouette, je n'y puis rien. Qui me confierait le rôle de Mère Courage ? Je n'entrerais pas dans l'univers de Brecht, d'Ibsen [1], de Beckett. On est également tributaire de son physique. C'est le filtre par lequel il faut faire passer la créature proposée par l'auteur. Vous me voyez dans *Phèdre*? On me rirait au nez ! !

Soyons juste, le grand, le bel emploi c'est Ludmilla Mikaël, c'est Geneviève Casile, celles qui peuvent jouer les coquettes, les reines, les amoureuses, les beautés fatales. Seulement tout le monde ne peut pas être Fanny Ardant ou Anny Duperey. Mais n'y a-t-il pas un autre genre de charme ? Chez une Gaby Morlay par exemple ? Pour autant que je sache, cette comédienne d'exception n'a pas joué de « grands textes ». Sans doute l'aurait-elle pu aisément.

Quand Jean-Michel Rouzière m'a demandé de partager l'affiche avec Pierre Dux pour la reprise de *N'écoutez pas, Mesdames,* je savais combien Guitry regrettait de ne pas l'avoir eue pour interprète dans le rôle de Madeleine.

Il m'a plu de rendre hommage à Gaby Morlay en

---

1. J'aurais pourtant adoré jouer *Maison de poupée.*

tortillant, ainsi qu'elle le faisait, un fin mouchoir de linon trahissant son embarras et son émotion. Personne ne vit l'allusion mais je lui avais fait mon petit signe, j'étais contente. Lorsque je dus jouer Youyou dans *Le Roi*, j'étais allée la trouver, me souvenant de son interprétation si savoureuse dans ce rôle. Elle fut on ne peut plus encourageante, m'assurant que j'étais faite pour Youyou. Voilà pourquoi vingt ans plus tard je lui fis le coup du mouchoir.

Ne quittons pas immédiatement la question ancestrale des emplois. Celui de « jeune soubrette » qui figurait sur mon contrat de pensionnaire, je l'ai gardé vingt-six ans, personne ne songeant au cours des années à renouveler le titre.

Étant sociétaire, on devient le « chef d'emploi » des Rosine ou des Lisette qui vous succèdent. On protège la « suivante » dans tous les sens du terme comme vos aînées l'ont fait pour vous.

Mes aînées m'avaient aidée, j'étais heureuse d'aider à son entrée cette jolie fille aux yeux clairs qu'était Catherine Samie pleine de vie et de talent. Elle m'écoutait affectueusement aussi bien que le firent Paule Noëlle ou Claire Vernet par la suite.

Une seule, quand je lui proposais mes modestes connaissances d'un personnage que j'avais longtemps pratiqué, me toisa d'un air où la commisération le disputait au mépris. Aussi ne dirai-je pas un mot de cette avenante et docte personne à laquelle je reconnais pourtant de grandes qualités.

Par modestie je ne lui dirai pas non plus, comme Jouvet à une starlette qui dédaignait sa poignée de main :

— N'ayez pas peur, mademoiselle, le talent ce n'est pas contagieux.

En revanche nous plaisantons souvent avec la *petite* Paule, qui depuis vingt ans tente de toutes ses forces de tutoyer son chef d'emploi. Elle commence à y parvenir non sans hésitations au cours de nos conversations, ce qui nous vaut bien des éclats de rires. Paule Noëlle prend son métier à bras-le-corps, avec santé et courage. En voilà une qui n'est pas du genre à s'ennuyer en scène.

« On ne brûle bien les planches que quand on a le feu sacré », a dit Henri Jeanson.

Enfin, toujours est-il que par la faute — ou la grâce — de l'emploi Claudel m'est interdit, et Albee, et Thomas Bernhard. J'ai vu deux pièces de Thomas Bernhard, la première m'a intéressée, la seconde m'a mortellement ennuyée, et m'a dissuadée de céder à une troisième tentative. On peut être un grand écrivain et un dramaturge moyen. Ceci n'engage que moi bien entendu.

Quitte à enfoncer des portes maintes fois ouvertes, il ne me déplaît pas de rappeler que, pour être belle, une pièce n'a pas besoin d'assommer le spectateur jusqu'aux bâillements.

Là aussi il y a mode ou snobisme. On veut tellement être dans le coup qu'on va jusqu'à étouffer ses propres penchants par désir de faire valoir ses vertus intellectuelles. J'aime cette phrase de Renan :

« Le moyen d'avoir raison dans l'avenir est, à certaines heures, de savoir se résigner à être démodé. »

Je connais pas mal d'individus qui poussent aussi loin que possible leur goût de l'absurde et du snobisme, convaincus de la beauté d'un texte auquel ils ne comprennent rien. Or, dit Georges Feydeau, le snobisme n'obéit pas à un goût, mais à un mot d'ordre.

J'eus souvent pour partenaire Claude Winter et avec un grand plaisir. Je pensais à l'époque que notre entente était liée à notre coupable industrie, les années m'apportèrent la preuve d'un attachement profond auquel je ne m'attendais pas.

Or, ma compagne ès larmes d'autrefois n'a pas cessé de me suivre, de m'écrire, de me couvrir de fleurs les soirs de générale et à chacun de mes livres. Elle en achète carrément six d'un coup pour en offrir à ses proches. Il n'y a pas à dire, cela fait chaud au cœur. Elle m'a rappelé il y a peu sa tournée en Amérique du Sud. Elle interprétait dans *Port-Royal* le rôle de Sœur Françoise. Pour les besoins de la cause, on avait pris sur place quelques autochtones en guise de figurants. Parmi les sœurs jansénistes on pouvait donc distinguer quatre ou cinq visages bronzés émergeant des costumes blancs immortalisés par Philippe de Champaigne.

Pour Hélène Perdrière aussi, il s'agissait de rendre service à la Maison en disant deux phrases sous la cornette. Elle en était humiliée ; quand on a toujours joué les femmes séduisantes, être remisée dans un couvent lui paraissait le comble de l'avilissement. Ne se laissant pas abattre, elle décida de continuer à lutter pour sa beauté et se servit de la bure comme d'un survêtement sous lequel elle portait une combinaison amaigrissante. Épuisée par la déshydratation et la chaleur, elle finit par jouer les Boudet et se trouva mal pour avoir voulu se trouver bien.

Claudie, elle, avait caché sa grossesse sous un costume d'angelot dans *La Réunion des Amours*. Elle s'opposait à moi Cupidon. Elle prônait l'amour cérébral, l'amour dégagé du poids de la chair alors que dans la sienne commençait à palpiter une nouvelle vie. Marivaux, qui aimait les travestissements, aurait sans doute trouvé troublante cette mâle fécondité.

Après la Comédie-Française, les amis rencontrés dans le métier se sont raréfiés. Il se crée moins de liens en six mois ou un an selon la durée de la pièce qu'en vingt-six ans de cohabitation chez Molière.

Au commencement de ce rythme nouveau, après mon départ de la Maison, chaque séparation ressemblait pour moi à un désespoir encore accru par le dernier souper ou le dernier « pot », petite cérémonie sinistre à laquelle très vite j'ai cessé d'assister ainsi qu'aux enterrements, depuis celui de Raimu où mon immense chagrin fut saccagé par la nuée de photographes et de badauds criant le nom des personnalités qui suivaient le corbillard, sans respect pour le grand disparu.

À la dernière de *L'Hôtel du Libre Échange* au Théâtre Marigny j'étais en larmes. Jean-Claude Brialy me dit en m'embrassant :

— Micheline, quelque chose qui se termine c'est autre chose qui commence.

Cette petite phrase devait beaucoup me servir par la suite.

Quel bonheur d'être dans une salle, d'assister à la performance d'une personne qu'on aime, et de la trouver remarquable !

Cette combinaison de l'amitié et de l'admiration confondues est, à coup sûr, le plus délicieux brouet dont on puisse se régaler.

Geneviève Casile, dans le rôle de Madame de

Maintenon, seule en scène, passant avec noblesse de l'humour le plus audacieux à la rigueur de l'ambition, jusqu'au désespoir final, m'a offert cette félicité : pouvoir aller l'embrasser une fois le rideau baissé, sans aucune arrière-pensée.

Merci, Geneviève, il me tarde que nous partions en voyage ensemble. Après celui de Venise qui nous laisse un souvenir ébloui, pourquoi pas Florence ?

J'ai goûté plus récemment grâce à Victor Lanoux, dans *Mort d'un commis voyageur*, une joie du même ordre. Le comédien est si juste, si simple, si crédible... et si bouleversant. Homme à la forte carrure enfermé dans son utopie, ne parvenant pas à cacher sa tendresse, il trouve un écho en chacun de nous dans cette pièce sans faille devenue un classique. Marie pleurait tellement que les larmes s'enroulaient autour de son cou.

Merci, Totor, de nous avoir fait rire et pleurer, tu es un grand Comédien.

Oui, on se fera un déjeuner un de ces jours, et je me réjouis de retourner chez toi en Creuse, pour y goûter les petits plats que tu composes, avec le même talent que tes rôles.

Avant ce spectacle, je bavarde avec Sim. Le lendemain par téléphone, nous nous congratulons avec la fierté de parents dont le fils vient d'obtenir son bac avec mention « très bien ».

Mon ancien partenaire me lit des passages du livre qu'il écrit et qui me concerne, je lui lis quelques lignes du mien à propos de notre tournée.

— Finalement, tu sais, Mimi, plus la peine de s'envoyer des lettres, on va s'envoyer des livres !

8

Sous le rouge à lèvres, la dent dure

« Des mots, des mots, des mots... »

William Shakespeare

« Femmes, femmes, femmes... »

Pierre Caron de Beaumarchais

Sophie Arnould, artiste du XVIIIe siècle dont la voix chantée était aussi sûre que son jeu de comédienne, était, je vous l'ai dit, célèbre pour son esprit.

Pendant le dernier séjour que fit Voltaire à Paris en 1778, il lui rendit visite. La conversation s'engagea. Le poète dit à Sophie :

— Ah, mademoiselle, j'ai quatre-vingt-quatre ans et j'ai fait quatre-vingt-quatre sottises.

— Bagatelle, reprit l'actrice, moi qui n'en ai pas quarante j'en ai fait plus de mille. Ah ! soupirait-elle, c'était le bon temps, j'étais bien malheureuse !

« Les femmes sont absurdes d'avoir peur de vieillir. Elles ne sont heureuses que lorsque l'amour n'est plus rien pour elles : plus de combat, plus de défaites, la profonde paix qu'aucune puissance ne peut troubler. » Ainsi s'exprimait Julie Talma.

Si vieillir est peu agréable pour les femmes, la menace imparable de l'âge pour les comédiennes confine parfois à l'angoisse.

Elles ont recours alors à toute la kyrielle des faux-semblants préconisés par les journaux féminins. Elles se liftent, se siliconisent, se lasérisent, se collagénisent, se teignent les cheveux, se ratissent le nez, se boursouflent les lèvres. On ne sait plus exactement qui sont ces créatures atrocement belles.

Un comédien discutait avec un camarade à propos de l'une d'elles :

— Elle a au moins cinquante, cinquante-cinq ans, celle-là, dit l'un.

— Oui, sans compter les matinées, répondit la bonne âme.

Plus courtois, Paul Claudel envisageait, en fleurs, les quatre saisons de la femme : le muguet — la rose — la tubéreuse — le désespoir du peintre.

À une certaine époque, Madeleine Renaud, plus proche du « désespoir du peintre » que de la « tubéreuse », revient de chez son gynécologue :

— Sais-tu, mon chéri, dit-elle à son fils. Il paraît que j'ai un clitoris de fille de vingt ans.

— Eh bien, dit Jean-Pierre, voilà ce que c'est que d'avoir épousé un mime !

— Qu'en pensez-vous ? questionne Jules Renard parlant d'une actrice qui s'attardait sur scène.

— Oh, répond Lucien Guitry, je viens de la rencontrer, elle ne change pas. Toujours vieille !

C'est pour cette raison sans doute que le même Jules Renard assurait : « Ce qui fait le plus de plaisir à une femme c'est une bonne flatterie sur son intelligence. »

Évidemment, comment ne pas s'en accommoder, en tout cas, quand un acteur, qu'on complimente sur le physique étonnant qu'il a conservé, vous repart, bombant le torse :

— Eh oui, c'est le grand avantage que nous avons sur vous autres, femmes !

Heureusement les statistiques sont là pour en faire foi : côté neurones, la tête est plus longtemps d'aplomb chez les dames. On ne peut pas tout avoir.

Pour la séduction, c'est vrai, il n'y a pas d'âge. Paul Mounet, ayant eu une vie sexuelle active, affirmait :

— Jusqu'à soixante ans j'ai cru que c'était un os !

À ce propos, en moins glorieux, il y avait au Français un vieil homme adorable aux cheveux blancs, timide et triste mais imbattable sur la poésie. Il s'appelait Jean Le Goff, rasait les murs, et semblait toujours s'excuser de se trouver sur votre passage, paraissant traîner avec lui quelque sombre drame.

Berthe Bovy, grande actrice malgré sa petite taille, avait un esprit corrosif. Elle m'attrape un soir au coin d'un couloir :

— Ma chère Boudet, je suis entrée à l'improviste dans la loge de Le Goff, il était tout nu… j'ai tout vu : un glas !

Moi je suis comme les autres. L'idée des décennies qui s'accumulent sur ma tête ne me réjouit pas particulièrement. C'est pour cette raison qu'aux personnes étonnées de voir ma tête devenue blanche je réponds comme Madeleine Brohan :

— Je préfère être la plus jeune des vieilles, que la plus vieille des jeunes.

— Ne nous embête pas avec ton âge, dit Bernard Minoret, remets-toi à ton livre. Tu sais que tu es faite pour travailler. C'est moi qui suis né pour ne rien faire.

Il rit, conscient d'être, comme Figaro, « paresseux avec délices ».

Une belle actrice, dit-on, ne voyait pas non plus le temps passer. Quand elle tourna à nouveau après avoir disparu des écrans depuis de nombreuses années, elle retrouva l'opérateur qui l'avait autrefois photographiée. Le premier soir où elle assista aux rushes elle fut navrée de sa propre image.

— Que vous arrive-t-il, mon cher ami ? Vous ne me m'éclairez plus comme jadis, dit-elle.

— C'est que j'ai vieilli, madame, répondit le galant photographe.

Une femme élégante évoque toujours pour moi le mot de Guitry admirant sur Marthe Brandès : « ces robes princesse qui accusent les formes sans les condamner ».

Constance Maille avait épousé l'ambassadeur Hennessy. Étant amenée à recevoir, on lui conseilla pour une soirée d'engager le fameux quatuor Bouillon en guise d'attraction. Ce qu'elle fit. À la fin du concert elle s'approcha du violoniste, lui confia une enveloppe et lui dit dans un sourire complice :

— Prenez… Ce sera pour agrandir votre petit orchestre…

C'est peut-être le même soir au cours du dîner qu'elle eût ce compliment vers les officiers dont elle était entourée :

— Messieurs c'est un honneur pour moi de me trouver entre deux grands stratagèmes.

Si les comédiennes aujourd'hui sont fières de leur progéniture au point de l'exhiber à peine arrivée au monde sur les couvertures couleurs de tous les hebdomadaires, il n'en était pas de même au début du siècle. La maternité semblait priver les femmes de séduction et leur flanquer « un coup de vieux » dont elles ne voulaient pas. Constance Maille, aussi célèbre pour sa beauté que pour sa sottise, s'indignait :

— Mon enfant ! Mais je n'ai pas l'âge d'avoir un enfant !... C'est celui de ma sœur. Et encore !

Ah, les actrices et leurs enfants !

Berthe Bovy donnait toute sa tendresse à un chien. Dans l'ascenseur des Galeries Lafayette, elle le pressait sur son cœur, une dame méprisante lui lança :

— On voit bien que vous n'avez pas d'enfant, madame !

— Si, madame, répondit Bovy. J'en ai eu dix ! Mais je les ai tous noyés parce que mon petit chien ne les aimait pas !

« Quand je serai sur ma planète » chantonnait Arletty. Je lui ai dit un jour que l'athéisme était sa bible, cela lui a beaucoup plu. Et comme je rendais hommage à son extrême discrétion... à propos de certaines indiscrétions.

— Ma chère Micheline, moi je suis une vicieuse de la pudeur.

Que de rires j'ai partagés avec Arlette. Ses mots, dont beaucoup ont été publiés, portaient toujours la marque d'un esprit alerte, il y avait en elle le gavroche « d'atmosphère » et le mystère distant de Garance. Elle dit un jour en compagnie de quelques amis à un déjeuner donné rue de La Rochefoucauld :

— J'ai toujours vécu d'assez haut.

Et lançait cinq minutes plus tard ce trait à propos d'une starlette :

— Cette poule-là, elle n'est jamais seule, sa connerie lui tient compagnie !

Elle s'enquérait auprès de moi d'un acteur connu pour être « artistiquement incliné » mais néanmoins père d'un fils d'une vingtaine d'années.

— Dites-moi. Est-ce qu'il n'avait pas plutôt une préférence pour les garçons cet homme-là ?

— En effet, Arlette, au temps de sa jeunesse... et puis il a rencontré une charmante femme qui lui a donné un fils, ce dont il lui a grande reconnaissance.

Sans prendre le moindre temps de réflexion, Arletty répondit :

— C'est ça oui ! En somme, il a épousé une porteuse...

Avant de m'épouser, Robert Petit m'a présentée à Garance tandis qu'elle jouait à la Renaissance une pièce intitulé *L'Étouffe-Chrétien* dont le héros, Néron, était interprété par Francis Blanche. Avec Arletty dans Agrippine le duo aurait dû être irrésistible. Hélas il n'en fut rien. Comme nous le disons dans notre jargon, la mayonnaise ne prenait pas.

Nous sommes entrés dans la loge d'Agrippine après la représentation : elle me fit des compliments comme si j'étais la vedette[1] et elle, la modeste pensionnaire du Français. J'étais dans mes petits souliers.

1. Mot qu'elle détestait. — Vedette ? Est-ce que j'ai l'air d'un bateau ? disait-elle.

Arletty n'était pas femme à s'aveugler sur ce qu'elle entreprenait. Très gentiment, sans amertume aucune, elle commenta le spectacle :

— On n'ira pas loin avec ça, qu'en dites-vous ?

Gênés, nous ne disons rien. C'est elle qui enchaîne :

— C'est curieux, vous avez remarqué ? C'est un auteur épatant Félicien Marceau, mais il a toujours des titres comestibles : *L'Œuf, La Bonne Soupe, L'Étouffe-Chrétien.*

Hélas, il nous manque sur le papier l'intonation unique, la voix mi-traînante mi-nasillarde qui rendait le propos plus cocasse.

Un peu plus tard sa vue commençait à s'altérer. Elle joua néanmoins, dans les robes immaculées créées par Yves Saint Laurent, *Les Monstres sacrés* de Cocteau. Celui-ci la comparait à un « clair de lune plus blanc que le soleil ».

Henri Rollan mettait en scène. Il mettait aussi tout son art d'homme de lettres au service d'Arletty. Bizarrement, étant son aîné et l'ayant vu débuter dans les petites femmes de revue, il la tutoyait. Arletty s'en tenait au voussoiement avec le respect dû à un maître, mais aussi à l'habitude qu'elle avait de ne tutoyer personne.

Au cours d'une répétition, il essayait de lui expliquer un jeu de scène avec des mots savants. Elle le découragea très vite :

— Ne vous fatiguez pas, Henri, je suis imperfectible...

Bien qu'admirant de tout cœur ce grand artiste à la diction hachée et dentale qui le faisait postillonner généreusement, nous l'avions surnommé « l'acteur qui fait pschitt » !

Arletty se flattait non sans malice de sa profonde paresse. Alors qu'elle jouait à l'Odéon chez les Barrault *Un Otage* de Bréhan, elle devait pour gagner sa loge passer devant celle de la « patronne ». Elle entrait donc pour un petit bonsoir et un court bavardage, Madeleine Renaud se maquillait, se livrant à un véritable monologue devant Arletty muette, à demi allongée sur le canapé.

— Quelle journée, ma bonne Arlette ! Ce matin à neuf heures j'ai travaillé le texte de la prochaine pièce avec la souffleuse jusqu'à onze heures. Après cela j'avais des essayages chez Yves Saint Laurent, deux tailleurs et une robe, jusqu'à une heure. Ensuite nous déjeunions Jean-Louis et moi chez le ministre pour obtenir un supplément de subvention. Puis nous avons eu la lecture de la prochaine pièce d'Albee et enfin présentation des maquettes pour ladite pièce. Et me voilà. Je n'en peux plus et maintenant il faut jouer ! Et vous, ma bonne Arlette, qu'avez-vous fait de votre journée ?

Arletty, un peu étourdie à l'énoncé de ce planning infernal, répondit avec le plus grand calme :

— Moi ? Rien.

Il n'est pas besoin d'expliquer les tempéraments combien différents des deux actrices. Rien ne peut mieux les décrire que cette éloquente historiette.

Denise Gence répète souvent qu'il n'y a pas deux êtres semblables. Pourquoi y aurait-il deux actrices identiques ? Elles ont cependant été égales dans le talent bien qu'opposées dans la manière de l'exercer.

« De l'esprit dans le geste, de l'esprit dans la parole, de l'esprit même dans le silence. » Ainsi s'exprimait Étienne Arago afin de décrire l'une des Brohan, Suzanne, mère d'Augustine et de Madeleine. Toutes trois étaient sociétaires de la Comédie-Française, toutes trois spirituelles. Puisque nous avons commencé par Suzanne… Un de ses admirateurs, éploré, lui réclamait « l'aumône d'un baiser ». Elle lui répondit simplement :

— Impossible, monsieur, j'ai mes pauvres.

Parlant de ses insomnies, elle constatait :

— Ce sont les idées noires qui font les nuits blanches.

« Ah, de l'esprit partout ! » s'écrie Armande dans *Les Femmes savantes.* Et de fait il y eut de l'esprit partout, surtout chez les comédiennes ! À une époque où l'on appréciait le charme de la conversation, le Foyer des Artistes était à lui seul un vrai « jeu » des mots et les entractes parfois de véritables spectacles.

Revenons aux Brohan. La plus cinglante des trois était aussi, bien entendu, la plus piquante.

Une camarade pressée frappait avec insistance à la porte de sa loge :

— Ouvre-moi, je t'en prie, ouvre-moi !

— Ouvre-moi ? dit Augustine à son habilleuse. Elle me prend pour une écaillère !

À son petit garçon, un peu dissipé, elle désigne Madame Allan, créatrice du *Caprice* de Musset, qui s'était considérablement empâtée :

— Si tu n'es pas sage, gronde-t-elle, je te fais faire le tour de la dame !

Et que pensez-vous de cette petite prière ?

— Ô Marie conçue sans péché faites que je pèche sans concevoir.

À un fat qui se vantait auprès d'elle :

— Ma chère, les femmes m'ont toujours réussi.

— Sauf Madame votre mère ! répondit la charmante Augustine.

Augustine avait, pour sa devise, détourné celle, plus célèbre, de la famille Rohan-Chabot : « Roi ne puis, Prince ne daigne, Rohan suis » ; la raison d'État devenue raison d'Art Dramatique s'exprimait par :

« Coquette ne puis, soubrette ne daigne, Brohan suis. »

À quoi Madeleine répondait :

— Tu as beau dire, nous ne serons jamais que des Brohan-Cabot.

Le mari de Madeleine Brohan, Mario Uchard, la rendit très malheureuse : au lieu de « mon conjoint » elle l'appelait « mon disjoint ».

À un admirateur affligé d'un pied-bot, du geste, elle donna ce conseil morbide :

— Quand vous aurez un pied dans la tombe, tâchez que ce soit celui-là !

Ces demoiselles d'Opéra, en dépit d'une réputation qui leur accorde plus d'esprit dans les orteils que dans la cervelle, n'en manquaient pourtant pas. À l'époque des Brohan l'un de leurs fidèles abonnés s'appelait Conchat. Elle l'avait surnommé le pléonasme.

Mais pourquoi, me direz-vous, les actrices ont-elles perdu leur esprit aujourd'hui ? C'est qu'aujourd'hui elles pensent, cela ne fait plus rire personne. Et surtout pas elles.

Je ne suis pas d'accord avec cet acteur engagé (par qui ?) clamant que les acteurs heureux sont des simulateurs. Moi, j'ai aimé ma jeunesse à la Comédie et ne sens aucune honte à y avoir été heureuse.

La gaieté que nous mettions dans nos rapports humains comme dans notre partenariat me comblait et le souvenir ne s'en ternira jamais.

À la seconde représentation d'*Iphigénie en Aulide*, en janvier 1781, Mademoiselle Laguerre qui interprétait le rôle-titre entra en scène complètement ivre et compromit sérieusement la soirée.

— Ce n'est pas *Iphigénie en Aulide*, s'écria Sophie Arnould, c'est « Iphigénie en champagne ».

Au moment de l'affaire du Collier de la reine dont le cardinal de Rohan fut un des acteurs malheureux, Sophie après avoir lu le mémoire de cet illustre accusé déclara :

— On voit bien là que le cardinal n'est pas franc du collier.

À l'époque, on avait établi une hiérarchie parmi les femmes du spectacle. On disait :

Les *Dames* de la Comédie-Française.

Les *Demoiselles* de la Comédie-Italienne.

Les *Filles* de l'Opéra.

Sophie croise dans la rue une jeune femme qu'elle reconnaît pour l'avoir jadis fréquentée à l'Académie de musique :

— Quelle jolie enfant vous avez là !

— C'est la mienne, répond la maman.

— Vraiment ? J'ignorais que vous fussiez mariée.

— Moi ? Non ! Je suis de l'Opéra...

Toutes les danseuses n'ont pas ce genre de finesse. Une autre plus près de nous, celle-là, rencontre un jour Jacques Chazot :

— Comme tu es bronzée, quelle mine tu as, ma chérie !

Et elle, dans une logique totalement inconsciente :

— Évidemment, Maman est morte à Cannes !

L'Opéra nous a donné au XVIIIe siècle, outre Sophie Arnould, une danseuse particulièrement intelligente nommée Julie Careau qui épousa Talma.

Mirabeau l'admirait, Chamfort l'aimait. Les deux hommes l'appelaient « l'aimable causeuse ». Julie Talma mettait toujours son cœur en avant de ses idées. Mère exemplaire elle écrivait :

« N'avoir point d'enfant c'est n'avoir point de bien sur la terre. »

Elle eut la douleur de perdre ses six enfants dont elle se disait veuve, y compris les jumeaux qu'elle eut de son grand acteur de mari.

Une dame lui manifestait son enthousiasme à l'égard de Talma :

— Quelle fierté pour une femme, de partager la couche d'un grand génie.

— Détrompez-vous, répondit Julie, tout cela fout le camp dans les tragédies !

C'était sûrement vrai. Julie ignora, je l'espère, à quel point son mari était pris par « son art ». À la mort de leurs jumeaux, saisi d'un profond chagrin il avoua lui-même qu' « accablé de douleur et de larmes il se surprit à faire une observation sur l'altération de sa voix et de sa vibration spasmodique contractée par les pleurs » pour s'en servir au besoin dans l'un de ses rôles. La tendre Julie en aurait eu froid dans le dos. Nous aussi.

Amoureuse intransigeante du vrai, Julie reconnaissait avoir aimé passionnément la justice, ses enfants, ses amants, ses chiens, la liberté, la philosophie, Rousseau et *les aristocrates* ; puis cordialement détesté les hypocrites, la tyrannie, les prêtres, la médiocrité, Voltaire et *les aristocrates.*

En avançant en âge, cette grande amoureuse eut pour Benjamin Constant une amitié qu'il lui rendit largement. Elle lui écrivait : « Peut-être faut-il avoir senti l'amour pour connaître l'amitié. »

Rien ne me rend plus fière que d'avoir été la biographe de ce bijou de femme, dont le génial époux avait pris pour devise « je ne luis que le soir ». Ainsi naïvement se comparait-il à la lune, astre qui n'est pas exactement l'emblème de l'intelligence.

Il va sans dire que notre petit monde n'est pas uniquement composé de personnages perspicaces.

Qui ne se souvient de Mademoiselle B. voulant briller dans une soirée mondaine ? La conversation était venue sur Mozart.

— Ah, dit la jeune et légère comédienne, moi j'adore Mozart... surtout « Cosi Fan Fluté ».

Alors que son amant à la Comédie lançait la fameuse tirade des nez dans *Cyrano*: « Moi, Monsieur, si j'avais un tel nez il faudrait sur-le-champ que je me l'amputasse. » Robert Manuel me glissait chaque soir à l'oreille :

— ... Putasse... Tu vois, il pense toujours à B.

En revanche, on peut compter Marguerite Moreno parmi les femmes remarquables en dépit d'un physique qui toujours la préoccupa. Elle tournait un film avec un jeune metteur en scène. À la fin de la prise :

— Elle est bonne, s'écrie-t-il, parfaite ! Marguerite, très bon, le plan vers la fin, très bien, vous savez, vous venez même d'être jolie.

Alors Marguerite, avec un air de feinte humilité :

— Excusez-moi, jeune homme, je ne l'ai pas fait exprès.

Mademoiselle Duchesmois, un siècle plus tôt, eut à ce même sujet une réplique très fine envers un critique peu courtois qui s'en était pris à son visage.

— Vous saurez, monsieur, que quand une femme est laide c'est qu'elle n'a pas pu faire autrement.

Quand dans ma jeunesse je souffrais de n'avoir pas la beauté de certaines de mes camarades femmes, Escande apaisant mes brûlures d'amour-propre m'assurait que j'étais « mieux que jolie ».

Escande était un acteur brillant avec cette allure aujourd'hui disparue, cette aisance à porter les costumes de toutes les époques. Il n'avait pas le talent insolite d'Aimé Clariond, ni le charme insidieux de Jean Debucourt, et se mouvait dans des sphères et des situations parfois douteuses dont il se tirait sans grande vergogne. On disait à Jean Marchat qui lui-même n'était pas blanc-bleu :

— Comment pouvez-vous entretenir des rapports amicaux avec Maurice Escande ? C'est une planche pourrie.

— Oh, vous savez, répondit Marchat en se grattant l'oreille de son geste familier, moi, j'ai le pied léger.

Le pied léger, je l'ai eu aussi mais c'était pour sauter d'un état à l'autre. Au risque de surprendre et d'indigner les amis. Le Théâtre-Français, à travers certains de mes collègues, n'a pas compris mon départ, tout comme le mari abandonné n'admet pas que sa femme s'évade par lassitude sans qu'un amant soit caché derrière cette décision pourtant difficile à prendre.

« Endurer », soit. Mais à quoi bon endurer dans la vie jusqu'à l'usure de la patience ? « Il n'est pas de peine morale que la solitude ne guérisse. » C'est aujourd'hui ma vraie thérapie. Mes livres, un peu de télévision, Basile couché sur mes pieds, ou une conversation drolatique avec ma « petite » Bernadette, un mètre quatre-vingts, couleur du Burkina, qui prend soin de moi avec dévouement. Un jour que je lui faisais remarquer que les charges étaient lourdes, elle me dit dans un sourire :

— Vraiment, on serait tenté de travailler au noir !

Je ne suis pas mondaine. Mais je suis comblée par une fête enchantée à Royaumont, à l'occasion de l'anniversaire de la subtile et pittoresque baronne Elie, ou par un dîner raffiné chez mes amis Marcie-Rivière. Zeineb nous y reçoit, frêle gazelle brune aux mains les plus fines du monde, qui possède aussi le rire le plus perlé. J'aime sa gaieté, sa grâce, et le regard attendri que son mari, Jean-Pierre, pose sur elle. Sans entrer dans les détails de sa générosité, ses mains, vantées plus haut, ont également l'art du don.

Différents, mais tout aussi joyeux, sont les dîners chez Tante Louise avec mes grands copains, Minoret et Grédy, où les mots fusent, où l'érudition fleurit, où les défauts des uns et des autres sont passés au crible avec un sens de l'observation qui donne souvent naissance à des formules, à des axiomes, à des surnoms à mourir de rire, bien dans la tradition de la conversation française.

Hélène Rochas joint parfois son charme et sa bienveillance à nos parties de ping-pong verbales en baissant pudiquement ses beaux yeux.

Quelques soirées, quelques réveillons chez Jérôme Hullot, Kin Liou, la tendre Leslie Caron complètent avec bonheur mon agenda de l'amitié.

9

Le Sacerdoce héréditaire

« Prenez le parti du théâtre si vous vous sentez assez de courage pour vous sacrifier à des privations indispensables, à l'espoir incertain, et aux jouissances périssables de ce peu de fumée qu'on appelle gloire. »

Monvel

Ma fille Marie dans ses formules n'est pas si loin des Brohan.

Une camarade enthousiaste ayant admiré la veille une comédienne de talent, s'écrie :

— Elle est tellement bien qu'on a envie de monter sur scène avec elle.

— Ne t'inquiète pas, elle ne te laisserait pas faire ! lui répond Marie qui connaît la susdite.

Il fait froid sur le plateau du Théâtre des Variétés. Marie recroquevillée s'enveloppe d'un châle. L'un de ses camarades dont elle a eu particulièrement à souffrir, voulant faire mouche, lui lance :

— Tu nous joues quoi, là ? La Petite Fille aux allumettes ?

Alors Marie décoche sa flèche :

— En tout cas si j'en gratte une, tu ne seras pas dans mon rêve !

Hier soir nous nous amusions entre amis. Je ne sais trop quelle boutade j'ai lancée ; ma fille s'est écriée :

— Si elle n'était pas ma mère je l'engagerais pour me tenir compagnie !

Nous nous adorons envers et contre tous ceux qui

se moquent de notre entente et jugent excessif notre attachement. Nous décourageons les amis et les psychothérapeutes qui préconisent la fameuse coupure de cordon qui empoisonne la vie des filles et encombre celle des mères. Nous n'en avons cure malgré toutes les bonnes raisons qu'on nous donne de cesser de vivre dans cette osmose malsaine ; nous continuons à nous téléphoner des dizaines de fois par jour bien qu'habitant le même immeuble, à déjeuner le midi, à dîner deux à trois fois par semaine, ou à souper quand l'une de nous joue la comédie. Elle vient m'emprunter mes vases pour ses fleurs, mes boucles d'oreilles, mes casseroles, et parfois un manteau qui sur elle, vu notre différence de taille, se transforme en caraco.

En revanche j'ai recours à elle pour classer des papiers auxquels je ne comprends rien, pour sortir mon chien Basile, ou pour retrouver les trois ou quatre objets que je perds quotidiennement, clefs, lunettes, laisse du chien, montre, bouquin, poudrier.

En 1975 un cancer me valut l'ablation du sein gauche :

— Pauvre Maman, tu as perdu ton cache-cœur ! disait la fillette de sept ans.

Vingt ans plus tard, trouvant sur ma table de toilette l'objet de silicone qui sert à rétablir l'équilibre de mon buste, elle le prend, l'applique à son oreille tel un coquillage et, l'air extasié :

— Oh ! J'entends ma mère.

Elle me ramasse quand je me trouve mal, je lui rends la pareille quand elle a une crise car entre autres cadeaux je lui ai offert ma spasmophilie. À tour de rôle nous versons le calcium dans le verre d'eau, le citron sur le sucre. On se présente le sac plastique pour respirer dedans, très efficace, et on se tient la main jusqu'à ce que l'autre revienne à la vie.

Notre vie est un enfer. Mais on s'aime, on s'aime, on s'adore, on rit, on pleure, ah, ça on pleure, je vous en réponds, souvent pour de bonnes raisons. Je souffre de ses chagrins, elle de mes souffrances, elle a de la sinusite quand j'ai la migraine. Quand elle a du succès, je jubile ; quand c'est mon tour, elle m'encense, je suis la plus ceci, la plus cela, la meilleure, la plus belle, etc. Souviens-toi, Arletty te disait toujours : « Vous avez la grâce, Micheline, c'est joli pour une femme d'avoir la grâce. »

Georges Le Roy citait souvent la grande Sarah :

« Une femme doit toujours sourire même quand elle pleure. »

Cette phrase a trouvé sa signification lorsque j'ai lu les mémoires de De Max.

Il raconte ainsi la grande scène au cours de laquelle Hermione outrée s'adresse à Pyrrhus :

Sarah ne jouait pas Hermione, elle la souriait : « Seigneur dans cet aveu dépouillé d'artifice », elle souriait. Elle souriait à « perfide », elle souriait à « parjure », à « traître ». Elle ne cessait pas de sourire.

Puis évoquant les deuils, les désastres, le sang, voix pleine de larmes, voix qui se plaint, voix brisée, Sarah souriait toujours.

Qu'en dis-tu, future Hermione ? Penses-y le jour où tu t'attaqueras au rôle...

Moi il me semble, il me semble que je la vois, la

grande Sarah, que je l'entends pleurer... en souriant; j'en ai le frisson.

Ce sont de magnifiques effets de théâtre. Cabotinage ? Je dirais plutôt en ce qui concerne cette histoire : trouvaille.

Pour le cabotinage, de Max fourmillait d'idées. Par exemple au cinquième acte de *Britannicus*, il ôtait sa couronne.

Mounet-Sully l'ayant vu exécuter ce geste lui en fit le reproche :

— Je n'aime pas que Néron enlève sa couronne au dernier acte. C'est indigne d'un empereur. Vous avez tort.

Or il se trouve qu'à quelque temps de là le Théâtre-Français fit une reprise de la même tragédie et c'est Mounet-Sully cette fois qui était Néron.

De Max lui rendit sa politesse et assista à la représentation.

Quelle ne fut pas sa surprise de voir Mounet refaire exactement le jeu de la couronne dont il l'avait si fortement blâmé naguère. Il le lui fit remarquer...

— C'est vrai, accorda Mounet, c'est un geste idiot !

Puis de son fameux sourire « divin » accompagné d'un clin d'œil :

— Mais quel effet, hein ?

De même que Mérimée affirme que les Français se feraient tuer plutôt que de rater un bon mot, la plupart des comédiens se feraient tuer plutôt que de rater un « effet » et je vous certifie que ce sont parfois ceux ou celles qui se targuent de la plus grande rigueur qui préfèrent jouer face au public. Elvire Popesco, avec franchise, expliquait à Arlette Didier qu'il fallait éviter de jouer de profil.

— Écoute-moi bien. Jamais en quarante ans un partenaire il n'a eu mon œil !

J'étais encore à l'Opéra quand ma mère m'emmena aux Bouffes-Parisiens.

On y donnait *Tovaritch* avec André Lefaur et Elvire Popesco justement. En la voyant entrer au premier acte, son fichu de couleur sur ses cheveux blonds, un bouquet de fleurs dans les bras, j'eus un éblouissement, le soleil entrait avec elle. Bien des années plus tard, j'appris que l'actrice avait un accord avec le chef éclairagiste qui montait la lumière dès son arrivée sur scène.

Marguerite Moreno, dit-on, en faisait tout autant. Malgré cela elle n'arrivait pas à se faire nommer sociétaire au Français. L'administrateur du temps, Jules Claretie, surnommé « Guimauve le Conquérant », avait un appendice nasal très visiblement dévié :

— Je ne peux pas vous nommer sociétaire, dit-il à Moreno, je n'ai pas d'argent.

— Il est vrai. On voit que vous êtes économe, monsieur l'administrateur. Vous avez mis votre nez de côté pour vos vieux jours, dit la future Folle de Chaillot.

Si vous le pouvez, procurez-vous les mémoires de l'intelligente comédienne : *Souvenirs de ma vie*, dans lesquels elle conte, entre autres, les *bévues* commises sur les murs annonçant certains titres, par exemple au lieu de :

LE ROMAN D'UN JEUNE HOMME PAUVRE
Pièce en 5 actes

On pouvait lire cette affreuse bévue :

LE ROMAN D'UN JEUNE HOMME
Pauvre Pièce en 5 actes

Tandis qu'en lieu et place de

LA JOIE FAIT PEUR

le spectateur pouvait lire cette coquille :

LA JOIE FAIT PUER

Moreno rapporte également un mot cruel de l'administrateur Émile Perrin qui avait précédé Jules Claretie.

Madame Favart trouvait qu'on ne la distribuait pas assez, et vint s'en plaindre à lui.

Perrin écoutait, sans rien dire, les doléances de l'artiste, puis ses révoltes, enfin ses menaces. Il ne bronchait toujours pas. Elle finit par lui jeter :

— Mais enfin, monsieur, répondez-moi. Que regardez-vous ainsi ?

— Je vous regarde vieillir, aurait répondu Perrin.

Moreno était déjà âgée quand, amoureuse de la chair fraîche, elle payait de jeunes garçons pour faire ce que l'on imagine. Un jour elle rendit visite à Jeanne Fusier-Gir, au bras de l'un d'eux :

— Je te présente mon « printemps », dit-elle.

— Dame, repartit Fusier, je me doutais que ce n'était pas ton « Bon Marché » !

À la même époque, éprise... du talent du jeune Yonnel, elle insista auprès de Marcel Schwob pour qu'on lui donne le nouvel *Hamlet* traduit par l'écrivain. Je tiens cette histoire de Jean Yonnel lui-même qui me la conta de sa voix de velours. Écoutons-le :

— J'étais si heureux à l'annonce de ce projet que je bondis au théâtre avec un bouquet de fleurs afin de remercier Marguerite Moreno à l'issue du spectacle. Elle était dans sa loge à demi démaquillée et, me dit Yonnel, tu sais, ce n'était plus un tendron. Je lui fais part de mon enthousiasme, je me confonds en remerciements, et enfin je lui dis :

« Madame, je vous en prie, dites-moi ce que je pourrais faire pour vous prouver ma gratitude. »

Alors, elle se dresse face à moi, ouvre largement son peignoir et me répond sans hésiter :

— Baise-moi !

Et Yonnel, affolé de pareille audace, m'affirma :

— Ma petite Boudet, je cours encore.

Yonnel, exaspéré par l'interprétation de Clariond dans *Le Carrosse du Saint-Sacrement*, trouvait ridicule que ses partenaires jouent normalement alors qu'il jouait, lui, le vice-roi du Pérou avec un accent particulièrement savoureux.

— Pourquoi prenez-vous l'accent espagnol pour jouer le vice-roi ? lui demanda-t-il.

Et Clariond, du tac au tac :

— Vous jouez bien Oreste avec l'accent roumain !

En effet, Yonnel partageait avec de Max cette nationalité, ainsi qu'avec Vera Korène.

Parlant de cette actrice, Jean Serge, alors qu'elle incarnait d'assez loin l'héroïne de *La Parisienne* d'Henri Becque, questionnait ses amis :

— Vous avez vu Korène dans « La Varsovienne » ?

Étant devenue comédienne, surtout pour faire plaisir à Maman qui en rêvait depuis sa jeunesse, j'ai découvert que la seule activité à laquelle je me sois livrée de mon plein gré finalement, c'est l'écriture. J'en suis à mon neuvième ouvrage et en écrivant je n'ai jamais eu de malaise. En jouant je m'écroule en scène régulièrement. Alors n'en faisons pas tout un plat mais avouez tout de même que c'est un métier capable de vous faire perdre l'équilibre.

Le grand acteur Molé avait une formule dont le sens devient avec le temps de plus en plus limpide : pour exercer ce métier « il faut livrer son cœur, et garder sa tête ». C'est ce que j'ai enseigné à mes enfants. Étant bien entendu que « garder sa tête » comprend plusieurs sens que je livre à votre sagacité, futurs baladins.

Opérant des rangements dans mes placards saturés, je me surprends à imaginer Alain et Marie, après ma disparition, au milieu des livres, des documents, des photographies, des cassettes d'interviews ou d'émissions télévisées ; ils en arrivent à rire de mon désordre, des souvenirs que le moindre objet évoque pour eux ; exactement comme surgissent entre nous les mots cocasses de Marianne, ma mère. Cette idée me poursuit pendant plusieurs jours jusqu'à ce que j'ouvre le beau livre d'Anne Wiazemski *Hymnes à l'amour.* Je n'en crois pas mes yeux.

Elle décrit exactement cette situation, son frère et elle-même en train de mettre de l'ordre dans les tiroirs, liquidant ou conservant des souvenirs de leur mère, des bouts de cigarettes, des riens, mêlant rires et larmes. On dirait que certaines lectures sont faites exprès ; vous renvoient à vous-même comme un miroir.

Le silence est la récompense du comédien.

Au siècle dernier, lors de la représentation d'un Marivaux, la salle était recueillie, on aurait entendu voler une intonation. Un mouchoir tomba des troisièmes galeries, l'acteur Dazincourt prétendit l'avoir entendu se déplisser...

Était-ce malice ou lapsus quand Fernand Ledoux dans *Le Médecin malgré lui* s'adressant à Géronte en désignant la grosse Mme Bretty articula d'un air naïf :

— C'est la nourrice d'un petit éléphant que j'ai.

Jouvet avait décidé de monter *Le Tartuffe* à l'Athénée et préparait sa distribution non sans quelques difficultés. Il se trouve que Marchat jouait la pièce pour les matinées classiques au Théâtre des Mathurins tenant lui-même le rôle de l'imposteur. Jouvet assiste à la représentation et se rend à la fin dans la loge de Marchat, lui parle de la pièce, de ses regrets de n'avoir pas trouvé sa Dorine...

— Et ton Tartuffe, questionne Marchat, tu l'as trouvé ?

— Non. Tu en connais un, toi ?

Cette histoire cruelle m'a été transmise par Teddy Bilis ainsi que quelques autres. L'ami Teddy est une vraie mine d'anecdotes, il a travaillé avec Jouvet. Il me raconte que celui-ci, à une certaine époque, fut régisseur chez Copeau. On travaillait alors sur l'art du comédien sans décors, dans le dépouillement total comme au temps de Shakespeare.

À la répétition d'une nouvelle pièce, Copeau lui demanda pourtant de placer une chaise sur le plateau. Jouvet, de l'air cynique qu'on lui connaît, plaça la chaise et, bougonnant :

— Alors, c'est le Châtelet !

Jean-Pierre Grédy me parle du livre de Stefan Zweig sur Nietzsche. Une petite phrase, dit-il, le fait penser à moi : « La vivacité éternelle plutôt que la vie éternelle. »

Les sociétaires de la Comédie-Française sont fiers de leur titre et de ses prérogatives. Un mot en témoigne, colporté depuis des années et attribué ainsi que bien des citations à des comédiens divers. À l'administrateur qui s'effaçait pour le laisser entrer dans son bureau, le sociétaire s'arrête et, très aimablement :

— Je vous en prie, monsieur l'administrateur, passez, vous êtes chez moi.

Le comédien Arquillière faisait les beaux jours du théâtre de boulevard ; il rendit visite un soir à Mounet-Sully. Sachant que le grand homme possédait tous les pouvoirs au Français, il venait le prier d'user de son influence pour lui permettre de jouer dans la Maison.

Mounet répond très gentiment que pour l'instant les effectifs sont au complet et qu'il n'y aurait rien d'intéressant pour lui. Toute cette conversation est entrecoupée des mots-gammes dont se servent les tragédiens avant d'entrer en scène pour fortifier leurs cordes vocales : Cuivre, ma piiipe, mi mia…

Enfin le quémandeur, déçu, prend congé.

Au moment où il vient de tourner le couloir, il entend la voix tonitruante du maître :

— ARQUILLIEEERE ! ! ! !

Il se précipite tout heureux, espérant une bonne nouvelle :

— Maître, vous m'avez rappelé ?

— Non, mon petit ami, je me fais la voix.

Et superbe, se drapant dans son peignoir comme dans une toge romaine, Mounet réintègre sa loge et continue ses gammes : Arquillièère, Arquillièèèère.

Quand il jouait Œdipe, le grand tragédien avait eu une extraordinaire innovation à l'acte où il se crevait les yeux. Depuis sa loge au deuxième étage il commençait à hurler et descendait toujours gémissant, criant, jusqu'à son entrée sur scène. Effet saisissant. Nous avons vu plus haut que Mounet ne les dédaignait pas.

Bien sûr la rumeur du Théâtre avait transmis cette tradition. Quand Yonnel dut jouer ce grandiose personnage il eut le désir de reproduire le jeu de Mounet, sa voix ample, profonde pouvait le lui permettre.

Le soir de la première il lança donc ses premiers cris d'horreur sur le palier de l'étage Talma. Un frisson parcourut la salle… et brusquement, le frisson s'arrêta. La voix s'était tue. Un grand temps suivit. Le silence devint lourd.

Que se passait-il ?

Yonnel continuant à pousser des cris terribles avait pris… l'ascenseur ! ! ! ! !

La cabine hermétique étouffait sa voix. L'effet tragique de son entrée perdit son efficacité par la faute du progrès.

L'ascenseur en question quand il fut posé excita la curiosité de toute la Maison. Les deux portes étaient commandées par un œil électronique placé de chaque côté à mi-hauteur de sorte que les portes se bloquaient si on y passait simplement la main.

André Brunot doyen de l'époque examina le système avec attention et, gaulois, selon son tempérament, conclut :

— En somme, pour entrer là-dedans, il ne faut pas avoir le paf en orgueil.

Chef de troupe d'une tournée en Belgique il se retrouve pour souper, à l'Ambassade en compagnie de ses camarades. Le repas est indigent, on ne coupe pas à l'éternelle salade russe et à l'aile de poulet froid, dont j'ai moi-même été victime plus d'une fois. Les acteurs après l'effort de la représentation sont morts de fatigue et font des signes désespérés à Brunot. Dans les justes limites qu'impose la politesse, le comédien indique à la maîtresse de maison qu'ils vont se retirer.

— Oh, comment, déjà ? minaude-t-elle. Il faudra revenir dîner un soir, n'est-ce pas ?

— Volontiers, répond le doyen, ce soir si vous voulez, madame.

Marie, huit ans, contemple le jardin qu'assombrit la fin de la journée :

— L'heure prend de l'âge, dit-elle.

Son frère Alain, sept ans :

— Maman, je marchais dans la rue et devant moi, il y avait un bonhomme qui me suivait.

Tandis que j'essayais une courte sieste avant de partir pour le théâtre :

— Maman, tu les fermes tes beaux yeux en chocolat ? dit-il.

Pourquoi parler de mes enfants dans un ouvrage consacré au théâtre ? me direz-vous. Tout simplement parce que l'un et l'autre à dix-huit ans de distance — c'est le nombre d'années qui séparent leurs naissances respectives — m'ont fait la surprise de me poser exactement la même question :

— Maman, tu ne voudrais pas m'écouter, j'ai préparé une scène...

Un choc pour moi, peu importe la scène : pour Alain il s'agissait je crois de Scapin, pour Marie d'une tragédie. Que pouvais-je faire ? J'ai écouté, que pouvais-je dire ? En tout cas j'aurais eu mauvaise grâce à leur seriner que c'était le pire des métiers, de les mettre en garde contre ses embûches, ses déceptions, ses injustices, puisque je l'avais moi-même exercé, que je l'exerçais encore. Je me suis contentée de quelques recommandations raisonnables. Pour Alain, *je conseillai le Conservatoire.* Pour Marie, plus tard, qui avait déjà son bac et deux années de droit pour faire bonne mesure, *je déconseillai le Conservatoire.*

Alain fut reçu à l'unanimité tout comme sa mère. Cela nous parut de bon augure. Nous adorons les signes. Tout est signe des signes, avance un philosophe célèbre dont le nom m'échappe. Des signes j'en vois partout, j'en ai donné le vice à Alain autant qu'à Marie. Nous sommes le triumvirat du prémonitoire, les maniaques de la télépathie, les forcenés de la prophétie, les obsédés du marc de café, des lignes de la main et même des tables tournantes. Nous ne dédaignons ni la pratique du pendule, ni les prédictions des voyantes, sans parler de nos anges gardiens dont nous connaissons les noms et de saint Antoine de Padoue avec lequel j'entretiens des rapports privilégiés ; prenant le relais de Marie, il me rapporte régulièrement tous les objets qui refusent de rester en ma compagnie.

L'entrée d'Alain au Conservatoire fut pour moi une grande joie. Il paraissait avoir trouvé enfin sa voie. Et en effet il était né pour ce métier. Tous ses camarades de l'époque, aujourd'hui célèbres, ont en mémoire les réflexions des professeurs :

— Bertheau, en voilà un qui deviendra comédien, prenez modèle !

Alain entra dans la classe de Louis Seigner puis d'Antoine Vitez qui le fascinait. Par je ne sais quelles rencontres, Alain, chez qui le rêve a toujours pris le pas sur les réalités, s'est laissé entraîner à plonger dans des nuages artificiels, nommés à tort Paradis ; en compagnie de copains persuadés que, comme Baudelaire ou Antonin Artaud, ils allaient y trouver le génie.

On venait de traverser 1968, il était « interdit d'interdire ». Le concours du Conservatoire était transformé en une suite de scènes, d'essais, de textes. La différence ne résidait que dans le fait que les élèves étaient heureux de ne plus être « sanctionnés ». Alain, malgré cela, inquiet de se « montrer » en public, se sentait de plus en plus mal. Il se réfugia dans une cure de sommeil, ne réalisant pas qu'au réveil la vie ne lui paraîtrait pas plus facile.

Bien plus tard, après audition, Michel Roux lui donna le rôle de mon fils dans *L'Azalée* d'Yves Jamiaque. Il reprit courage et se révéla remarquable. Les journaux parlaient de sa « présence ». Je me sentais vaguement rassurée. J'essayais toutefois de me renseigner auprès de ses amis : « fumait-il » toujours ?

Les amis haussaient les épaules : ce n'était rien,

voyons, un peu de hasch n'a jamais tué personne. Hélas ! de fumée en fumée l'escalade vint, inéluctable. Jusqu'au jour où, mère aveugle n'ayant rien vu, rien compris, j'ai trouvé la seringue maladroitement dissimulée dans sa chambre.

Tandis que nous étions à l'affiche ensemble au Petit Marigny, Danielle Darrieux se produisait dans la grande salle où elle jouait *La Bonne Soupe* de Félicien Marceau.

Pour gagner ma loge je passais devant la sienne. Le dimanche en matinée, le lendemain de l'affreuse découverte, je m'évanouis devant sa porte. Je n'oublierai jamais la tendresse avec laquelle elle me prit dans ses bras et me porta sur son divan avec l'aide de Ginette [1], l'habilleuse ; elle me fit revenir à moi, me prodiguant soins et mots affectueux, me berçant, consolatrice, se souciant peu de retarder son entrée en scène.

Alain, consterné, me ramena jusqu'à ma coiffeuse en me demandant pardon.

Après l'ingestion habituelle de calcium et de sucre j'ai pu me maquiller, et nous avons joué. De nous deux c'est moi qui paraissais droguée, j'étais dans un brouillard épais. Alain me soutint en tremblant tout au long de la représentation. J'étais trop épuisée pour avoir ce jour-là une explication sérieuse avec mon fils. On me fit une piqûre et mon lit me reçut jusqu'au lendemain matin.

Si j'ose aujourd'hui révéler ces pénibles moments de notre vie c'est qu'Alain m'y a autorisée. Comme

---

1. Ginette habille aujourd'hui Marie aux Variétés.

moi il souhaite donner l'espoir aux toxicomanes et aux parents dont le calvaire n'est pas moindre que le leur.

C'est indéniablement grâce au Patriarche qu'il a pu se libérer du poison. Cette association, contestée à tort par certains tout comme son fondateur Lucien Engelmayer, est cependant le moyen le plus efficace de se désintoxiquer.

Ici, pas de produit de substitution, pas de médicament. Pris en charge par ceux qui l'accueillent et vont lui appliquer le traitement de sevrage qu'ils ont eux-mêmes reçu en arrivant, le nouveau venu va opérer une rude traversée, crise de manque, crise de tétanie, etc.

Il lui faut boire des tisanes calmantes, prendre de nombreux bains, faire de longues marches à pied, soutenu par ses nouveaux amis. Pendant cette période on ne peut l'avoir au téléphone, il est en cure.

En quinze jours il va libérer son corps, mais c'est dans la tête que le plus gros reste à faire — à condition que le ou la toxicomane accepte de se soumettre. Alain s'est soumis. Pendant trois ans entiers, il a dû entreprendre sur lui-même ce courageux travail si contraire à ce qu'il aimait. Mais comme « il n'est point de mal dont il ne naisse un bien », il a pu devenir expert en travaux manuels, peinture, électricité, menuiserie, football, auxquels il n'entendait rien auparavant. Il assure que c'est par l'effort physique qu'on reprend le goût qu'on a perdu de vivre. Et cela aucune médecine ne peut vous le donner.

Bien sûr, s'étant coupé du monde du spectacle, il n'a pas eu la carrière qu'il méritait. Mais Alain vit.

Au sortir de l'association qui l'avait tiré du pire,

il appela Jacques Destoop qui l'engagea aussitôt pour jouer à Tours un ouvrage de Boulanger. Il tomba amoureux de la costumière de la pièce, directrice d'une boutique ravissante où les chapeaux les plus fous côtoient les plus pures robes de mariées, où l'on peut froisser le velours, caresser les soies, et bavarder avec la blonde Caroline, maîtresse des lieux que je bénis d'aimer mon fils et de l'avoir ressuscité au moins autant que le Patriarche.

Alain vit à Tours, donne des cours d'art dramatique, et joue parfois quand l'occasion s'en présente. En vrai marginal il ignore l'amertume, le découragement et ne possède rien qu'un solide optimisme et un extraordinaire appétit de l'existence qui lui ont permis de sauver la sienne.

Pour Marie, dix-huit ans plus tard, tout a été différent. Née après 68 elle ne connut les slogans révolutionnaires qui fleurissaient sur les murs que par ouï-dire. Elle m'entendait parler de Le Roy, d'Henri Rollan, de Dullin, de Jouvet, et elle voyait le Conservatoire à travers l'enseignement de ces grands prêtres du théâtre.

Elle ne pensait pas qu'il fallût, pour jouer les classiques, montrer sa petite culotte et dire les alexandrins de Racine en forniquant à même le sol, les seins à l'air, le tout dans d'artistiques nuages de fumée distribués à gogo, les professeurs étant souvent désireux d'attirer l'attention sur leur créativité plutôt que sur le talent de l'élève malheureux dont la diction s'évanouit dans les vapeurs de l'absurdité.

Marie renonça donc au Conservatoire et entra au cours de Jean Perimony où on lui apprit la diction, la respiration, la situation... Toutes ces choses si

« démodées » qui font la base de notre métier. Il est trop tôt pour savoir si elle fera une carrière. Et comme je suis sa mère je ne me mêlerai pas d'émettre un pronostic. Elle gagne sa vie depuis deux ans. Des metteurs en scène lui ont fait confiance, il lui suffit de continuer... Moi aussi je lui fais confiance.

Tout le monde connaît le célèbre mot de Béatrix Dussane à qui l'on disait :

— Le théâtre est une grande famille.

Et qui répondit :

— Oui, la famille des Atrides.

Il y a un peu de vrai. Quelles sont les familles où tout est rose ? Pourquoi celle du théâtre échapperait-elle à la règle ?

Il y a pourtant des amitiés qui naissent dans ce monde où la lutte est serrée. J'ai parlé dans *La Baladeuse* de mes camarades de Conservatoire qui avaient nom Gérard Philipe, Michel Bouquet, Daniel Ivernel, François Chaumette, Dany Robin. Certains comme Jean Piat, Marie Sabouret, Denise Gence m'ont rejoint au Français, nous avons fait route ensemble pendant de nombreuses années. À des dates différentes nous sommes partis de la maison maternante et nous avons suivi chacun notre chemin.

Nous sommes toujours frères et sœurs même si nous nous voyons peu. Les liens de la jeunesse sont tenaces.

Au besoin on en arrive à se créer d'autres liens de parenté. Ainsi ma chère Annie Ducaux a accepté d'être la marraine d'Alain et Geneviève Casile m'a demandé d'être la marraine de sa fille Hélène, qui fait dans le métier dont elle a également reçu le virus de brillants premiers pas.

Casile et sa fille, Boudet et la sienne, à nous voir réunies toutes les quatre vous auriez vite fait de vous égarer. La grande jeune femme n'est pas celle de Geneviève, c'est la mienne, et la petite (ma taille à peu près) n'est pas la mienne, c'est celle de Geneviève. En plus de l'apparence physique chacune d'elles a hérité de « l'Emploi » de la mère de l'autre.

Ce chassé-croisé troublant n'est pas sans évoquer les « Affinités électives ». Les hommes en moins, bien entendu.

J'ai eu un jour un léger différend avec un camarade, parce que j'estimais que les femmes étaient plus près de ce métier que les hommes, prenant appui sur ce proverbe russe qu'il apprécia peu :

Une femme actrice est plus qu'une femme.

Un homme acteur est moins qu'un homme.

10

Bienheureuse solitude

« L'âge avance ; la beauté passe ; arrivent les années de l'abandon, de l'humeur et de l'ennui. Qu'est-ce alors qu'une femme ? »

Diderot

« Qu'importe où le vent me jette, je porte en moi le principe de ma félicité. »

Madame Rolland

C'est toujours dans mon Quercy natal, en pleine nature, qu'il m'est le plus facile de travailler. Pour terminer mon ouvrage me voici à nouveau face à la colline dans le bruissement des peupliers.

L'air est chargé d'effluves délicieux. Seringats, lauriers-roses, tilleul, lavande. Les yeux bandés je retrouverais mon chemin signalé par leurs parfums spécifiques.

Assise sous le tilleul, je noircis du papier. Je retarde le plus possible le moment de détacher mon regard de mon cahier d'écolière. Je me fais des surprises selon la lumière des heures écoulées.

Le vent tiède entraîne la danse des papillons bleus et des fleurs versatiles du catalpa.

J'aime ce coin — c'est moi qui l'ai créé —, le jardin pentu descend vers la vallée. C'est mon sanctuaire, salon de verdure fermé d'une haie de conifères. Il s'épanouit au bas de trois marches de pierres disjointes entre lesquelles poussent spontanément des fleurs jamais semées et un jeune buis, sans doute évadé de la bordure qui encadre le carré d'herbes aromatiques. Des rosiers anciens, pompons blancs, retombent du mur en grappes enchevêtrées. Les potées de laurier-rose se détachent sur le fond vert sombre du figuier. Il mesurait à peine cinquante centimètres quand je l'ai planté. Aujourd'hui, devenu arbre, il monte à l'assaut du mur jusqu'à la fenêtre du premier étage et compromet la clarté de la chambre. Mais il fait si chaud. Ici on ne cherche pas le soleil. On veut la fraîcheur. Bientôt je devrai abandonner ce paradis... Ce sont les « renoncements nécessaires » qui conduisent à l'inestimable liberté. Je n'ai à souffrir aujourd'hui, dans ma très heureuse solitude, d'aucune autre contrainte que la mienne. Je respire et vis à mon rythme, j'ai bon pied bon œil et la tête à peu près en place. Je souhaite que cela continue, tant que le ciel voudra me garder au chaud pareille fortune.

Souvent, pour ne pas dire chaque fois, j'ai éprouvé cette sorte d'allégresse à casser les cordes dont je me sentais ligotée, que ce soit dans *mes* métiers, j'en ai eu trois, ou dans mes mariages, j'en ai eu deux. J'appelle cela avancer, suivant Kleist qui affirme qu'un individu digne de ce nom ne doit pas rester là où le hasard l'a placé. Sans précisément m'inspirer de cette phrase, elle a été un bréviaire spontané, j'ai bousculé le hasard par besoin impérieux de me libérer. Poussée par quelle main mystérieuse ? Désir de m'envoler comme une alouette ; pas comme la pauvre mouette de Tchekhov victime incomprise d'un métier incompréhensible.

Tout événement arrive à point nommé. Chaque amour, chaque souffrance est une mue. Une épreuve est une façon de se renouveler comme le serpent change de peau.

Je l'ai fait sans haine, parce que les alouettes sont faites pour voler non pour étouffer. Cesser d'aimer n'est pas un crime. C'est la vie que j'aime et la vie aime ceux qui l'aiment, c'est bien connu.

À chacune de mes ruptures vitales, j'allais de façon impérative vers une recherche. Laquelle ? Je le saurai lors de mon dernier envol. Quand il n'y aura plus de question à se poser et que le ciel m'appartiendra.

Sur le plan du métier, ma plus grande fierté est de n'avoir pas cédé aux pleurnicheries. Pourquoi n'ai-je pas joué tel rôle ? Pourquoi dans celui-là où je fus jugée si « exquiiise » la pièce a-t-elle été un demi-échec ? Eh bien réellement aujourd'hui, les applaudissements de ce public que j'ai aimé, que j'aime encore et qui me le rend bien en général, ces applaudissements, ces éloges, ces critiques, que je ne relis jamais, je n'en suis pas privée au point de les pleurer comme certaines comédiennes restant chez elles à l'heure où se lève le rideau rouge.

J'ai été heureuse, j'ai joué d'admirables textes, de moins bons et même d'assez médiocres, et alors ? C'est un tout. Il me reste l'orgueil de n'avoir pas accepté la Légion d'honneur, les décorations n'étant pour moi que des hochets.

Je pense comme Julie Talma que les gens qui ont la Légion n'ont pas beaucoup d'honneur.

En revanche, cela peut sembler contradictoire, j'ai accepté les Arts et Lettres comme un hommage rendu à mes années de travail et de travaux, car enfin j'ai fait dix ans d'Opéra sur les pointes, vingt-six ans de Comédie-Française interprétant les classiques, autant d'années en jouant les modernes, j'ai mis au monde cinq romans que je ne renie pas, trois biographies que je revendique et deux enfants que j'adore. Je ne vois pas là de quoi me plaindre.

Oui, la vie tourne. Il m'importe peu aujourd'hui de représenter ou non quelque chose aux yeux du monde, l'important est d'avoir été rieuse de Molière, d'avoir été Rosine, Silvia, Suzanne, Hortense, Araminte et les héroïnes si drôlement inconscientes de Feydeau. Personne ne peut me retirer ces joies-là. Je le jure sur l'honneur, je n'envie aucunement le succès d'autrui ; je n'y ai pas grand mérite : j'ai toujours eu assez peur d'entrer en scène pour me réjouir qu'une autre soit dans les affres d'une générale tandis que je suis confortablement assise dans la salle.

Tous les camarades qui m'ont assistée dans mes évanouissements me croiront sans peine.

Quant aux fumées de la gloire, que les autres s'en grattent la gorge si cela leur chante. Mes enfants me donnent de grandes joies et en échange trouvent tout naturel de m'offrir leurs tourments. Je n'ai pas d'infirmité. En revanche, on me demande souvent si j'ai des regrets. Très peu en tant que comédienne. Peut-être celui de n'avoir pu jouer *La Parisienne* ou *Le Chandelier*. Surtout Tchekhov, Shakespeare et encore plus Tourgueniev. En ce qui concerne ce dernier, le regret s'est effacé quand j'ai vu *Un mois à la campagne* interprété par la divine Delphine Seyrig. Je n'aurais pu faire mieux, et il m'a semblé préférable de m'abstenir.

Yvonne Gaudeau, premier doyen féminin de la Comédie-Française, m'a assuré que son trac et sa perpétuelle inquiétude de ne pas être à la hauteur de ses rôles lui avaient gâché la vie. Sortie du Français, elle a renoncé définitivement.

Claude Winter, à son tour devenue doyenne, put supporter l'obligation de prendre au comité d'administration des mesures contre ses camarades.

De plus, en bonne servante de la Maison, ayant accepté les plus grands rôles et les moins passionnants, s'apercevant qu'elle avait rempli son contrat presque chaque soir, elle a décidé aujourd'hui de profiter de ses loisirs, quelques films ou télévisions lui suffisent. Je la comprends. J'avais fait le même serment — non tenu : je suis « remontée » sur scène. Maintenant je renonce à renoncer. Je sais que, si j'accepte, il faudra vraiment que je sois séduite, qu'on ne m'impose pas un vilain décor, un metteur en scène faible, un partenaire qui ne sache pas son texte. Ma dernière concession sera de marbre gris, c'est la loi.

Je suis si bien à faire courir mes pattes de mouche sur le papier quadrillé. En revanche mes regrets se situent plutôt du côté des auteurs.

N'avoir fait que croiser André Gide dans les couloirs du Français pendant que se répétaient *Les Caves du Vatican* par exemple. Savoir que j'aurais peut-être pu l'entendre me parler des *Faux Monnayeurs*, de *La Porte étroite*, ou des *Nourritures*.

Je n'avais que onze ans quand je fis la connaissance de Paul Morand. Il était l'auteur de l'argument du film de Benoît-Lévy *La Mort du cygne* qui vit mes débuts de comédienne, parce que j'étais danseuse. C'était trop tôt évidemment pour tout savoir de cet « homme pressé », de ce style parfait dont je me régale en ce moment grâce à ses *Lettres de Paris*.

Un peu frustrée aussi de ma rencontre avec Henri de Montherlant, bien qu'ayant eu la joie de créer le joyeux personnage de Sœur Julie dans *Port-Royal*. Le soir de la première, l'auteur m'a félicitée d'être le « seul sourire de la soirée ». Puis il a ajouté :

— Vous allez recevoir prochainement, ainsi que vos camarades, une édition de luxe de la pièce.

Renée Faure, ayant triomphé dans *La Reine morte* quelques années avant, créait dans *Port-Royal* le rôle de Sœur Françoise. Quand je lui fis part de la promesse de Montherlant, elle pouffa, et de sa belle voix grave, qu'elle s'amuse à rendre parigote :

— Tu me préviendras, ma poule. Moi j'attends toujours l'édition de luxe de *La Reine morte !*

Tout comme Annie Ducaux, irremplaçable Angélique de Saint-Jean, je n'ai reçu de Montherlant que ces quelques mots. Je me suis rattrapée en lisant son œuvre de A jusqu'à Z.

Avec Cocteau ce fut plus amusant. Nous devions créer au Japon son *Impromptu du Palais-Royal*. Pour la circonstance il alla solliciter — une fois de plus — la générosité de Mademoiselle Chanel. Il s'agissait de lui faire offrir mon tailleur. Sur mesure s'il vous plaît, tissu commandé spécialement, doublé de soie naturelle, petite chaîne dorée plombant les ourlets. Une merveille. Coco Chanel nous reçut devant les fameux paravents de Coromandel. Je ne me souviens plus exactement de la conversation, je sais seulement qu'elle tenait plus du citron que du miel : qu'importe, j'étais aux anges, j'avais un tailleur Chanel, un vrai, et Cocteau me comparait à un fruit frais. Quand le poète trouvait une formule qui lui plaisait, on pouvait en profiter au moins pendant une semaine. Robert Hirsch et moi n'osions plus compter le nombre de fois où nous l'avions entendu chanter ainsi les louanges d'Édouard Dermit :

« Doudou a réinventé le mot joli. »

Mes contacts avec André Maurois ont été plus marquants. D'abord il me pria de l'assister au cours de ses conférences, en les illustrant de quelques textes. Ce que je fis avec fierté. Cette collaboration me valut d'être invitée à plusieurs reprises aux déjeuners du boulevard Maurice-Barrès. L'appartement très élégant et vaste donnait sur le bois de Boulogne. Il y avait en général une dizaine d'hôtes, représentant les arts, les lettres, la politique, reçus par Mme Simone-André Maurois, née de Caillavet. Elle se vantait, d'une petite voix à peine timbrée, de « mettre » chaque matin son mari à son bureau afin qu'il y travaillât, eût-il ou non de l'inspiration.

Une autre de ses particularités résidait dans le fait qu'elle vous présentait par votre numéro de téléphone : moi, je ne trouvais pas tellement valorisant de m'appeler Wagram 91.38.

Curieux pour une femme d'écrivain de préférer les chiffres aux lettres. D'autant qu'à l'époque elle s'apprêtait à publier la correspondance inédite de Marie Dorval et George Sand. La biographie de son mari, *Lélia*, devait y être pour quelque chose.

Autre étonnement de la part de la jeune pensionnaire que j'étais, le service était fait par des serviteurs gantés de blanc qui restaient debout derrière les convives tout au long du déjeuner. Pas de doute, j'étais dans « la haute », j'apprenais les bonnes manières… nettement orientées vers la droite.

Plus tard, ayant épousé Julien Bertheau inscrit au parti communiste, je fus amenée à dîner chez les Aragon. Leur logis, comparé au luxueux appartement des Maurois, tenait carrément du bric-à-brac. J'étais passée tout à coup en Russie soviétique. On y parlait politique, je n'y comprenais pas grand-chose mais je trouvais Elsa plus intelligente, plus aiguë que Mme Maurois. Sa petite tête, couronnée d'une maigre tresse, tournait vers vous avec des vivacités d'aspic les célèbres yeux clairs chantés par son mari.

Elle tenait à cette époque la rubrique théâtrale des *Lettres françaises* et parlant de *La Double Inconstance* écrivait que la jeune Micheline Boudet était débordante de talent. C'est peut-être bien ce qui me la rendit sympathique. Dans ce même journal sa critique de la pièce de Barillet et Grédy *Ami-Ami* se terminait par ces mots :

— Boulevard pas mort. Heureusement ! !

La gauche, amoureuse du boulevard, quelle surprise ! !

En tout cas, Aragon et les yeux de sa bien-aimée m'avaient bluffée. En effet, j'appris beaucoup plus tard que le mari avait une nette préférence pour les garçons et ne trouvait rien au monde, disait-il à un ami, de plus méchant, de plus atroce, de plus terrible que « les yeux d'Elsa ». Ces poètes tout de même ! Plus menteurs que nous !

Tout ce que je retirai de ces visites, c'est que bien souvent les écrivains, qu'ils soient à droite ou qu'ils soient à gauche, étaient surtout sous la domination de leurs épouses ; elles exerçaient sur eux un pouvoir tyrannique. J'en éprouvai une certaine déception. De ces deux mondes aucun ne me paraissait le mien. C'est sans doute ce qui m'empêcha de prendre une part active dans l'un ou l'autre camp.

Aujourd'hui, navrée de voir fleurir le racisme, la répression, la torture dans le monde, il ne me semble pas que la solution paraisse venir de la gauche plus que de la droite. On fait tomber les murs, on déboulonne les statues. L'homme a-t-il pour cela abandonné la haine et le goût immodéré de l'argent, du pouvoir et des décorations ?

À propos de cette suprême décoration, la Légion d'honneur, Jules Renard parlant de Tristan Bernard, cordon rouge et médaille pendante, à la remise de laquelle il est convié, écrit à sa femme :

— Tristan est très bien, en décoré. Avec sa barbe garde-manger on dirait un bijou coulant d'une ordure.

Et pourtant les deux hommes étaient très amis. Mais Renard se régalait volontiers d'une image ; c'était trop tentant pour lui. Le bougre... il n'y allait pas de main morte ! N'empêche, en voilà un que j'aurais aimé connaître.

Et Courteline ? Je n'ai connu que Jeanne Marie son épouse, celle qui disait :

— Quand je pense... je ne pense à rien.

Ou encore :

— L'hiver les arbres sont en bois.

J'ai bien failli jouer *Boubouroche.* C'est Bertheau qui devait mettre en scène. Nous avons divorcé à ce moment-là, et je n'ai pas eu droit à cette « petite gueuse » d'Adèle.

J'aurais pu rencontrer Guitry. Cela n'a pas eu lieu. Et je ne me remettrai jamais de n'avoir pas recueilli au moins une phrase de Paul Valéry.

J'ai été l'interprète d'une pièce de Maurice Druon créée au Français, *Le Voyageur.* Nous avons pu avoir quelques échanges très agréables, bien que trop fugaces ; nous sommes toujours heureux de nous dire bonsoir et je l'aime pour la défense qu'il prend de notre langue.

En lisant les fameuses *Lettres de Paris* de Paul Morand, je suis sidérée de sa clairvoyance. Sur aucun auteur il ne s'est trompé au cours des années vingt-cinq-trente.

Après avoir vanté le livre de Maurois : *Climats*, il écrit :

« Je veux pourtant attirer l'attention sur un roman extrêmement intéressant d'un jeune écrivain français qui pourrait fort bien recevoir le prix Goncourt : *Les Conquérants* d'André Malraux. »

André Malraux, je l'ai connu du temps du général de Gaulle. Il venait de lancer sa grande campagne théâtrale visant à la décentralisation. On lui doit les maisons de la culture dont certaines ont été de vraies réussites.

Que faisions-nous à Bourges ? On devait fêter un anniversaire, un jubilé, inaugurer je ne sais plus quoi.

Au souper j'eus l'honneur d'être assise à sa droite. Inutile de dire que je n'étais pas peu fière. Légèrement secouée par l'agitation dont il faisait preuve, mais fière. J'attendais chacune de ses paroles avec une attention passionnée.

Sa fonction de ministre des Arts et Lettres lui avait permis de se pencher sur le cas de la Comédie-Française. Nous parlions déjà d'une seconde salle expérimentale. Son idée faillit me faire lâcher ma fourchette.

— Cette salle aurait pour mission, disait-il ravi, de faire jouer les acteurs de la Maison... pour eux-mêmes.

Un peu ahurie je le priai de s'expliquer. Il s'agissait selon lui, de faire jouer la moitié de la troupe, pour l'autre moitié. J'eus toutes les peines du monde à lui faire entendre que nous n'entretenions pas forcément entre nous des rapports inconditionnels et que la partie exécutante risquait fort de se voir exécutée : mais surtout de se produire devant des banquettes.

— Croyez-vous ? demanda-t-il, surpris.

Et, dépité, il se tourna vers sa voisine de gauche mettant fin à sa démonstration.

Je n'en sus pas davantage sur l'auteur de *La Condition humaine* ce soir-là, sinon que le Théâtre-Français n'était pas sa tasse de thé.

Voilà donc mes seuls regrets. N'avoir pas pu faire plus ample connaissance avec ces hommes supérieurs. Mais j'ai eu Marivaux — celui-là je le connais bien. Il m'a donné mes plus grands bonheurs. C'est l'homme de ma vie. Ah, les ravissantes personnes dont j'ai pu exprimer les révélations de l'amour et ses inutiles résistances. Toutes y succombent à la fin, parfois grâce à l'entremise de valets diaboliques comme Dubois ou Trivelin dont l'insolence préfigure celle de Figaro presque au mot près. J'en veux à Voltaire de la définition de l'art de Marivaux qu'il dédaignait, ne voyant dans son œuvre que « des riens accrochés à des toiles d'araignées ». Des riens, cette métaphysique du cœur ? Ces amours qui se concluent après avoir frôlé le désespoir ? Cette cruauté corsetée de satin rose, ces indignations maladroites qui portent le spectateur au rire, ces déclarations déguisées sous une apparente froideur, ces serments indiscrets, cet esprit incisif, ces confidences faussées, ces battements de cœur douloureux, réprimés ou comme le dit mieux encore Jules Renard : « Ces phrases pures comme du cristal et ses jolis drames d'amour qui sont comme des torrents emprisonnés » ?

Aussi quelle grande tasse de petit-lait je viens de boire en lisant dans un magazine récent le nom des trois interprètes marquantes des *Fausses Confidences*: Mademoiselle Mars, Madeleine Renaud, Micheline Boudet. Ô douce flatterie que tu sais nous charmer !

À propos de Marivaux je ne résiste pas au plaisir de vous conter l'une des rares anecdotes que nous connaissions à son sujet.

Chacun sait qu'il fit représenter tous ses ouvrages à la Comédie-Italienne après l'échec de sa tragédie *Annibal* au Théâtre-Français.

Or, il déposa un jour chez les Italiens *La Surprise de l'amour* sans mentionner son nom.

Bien entendu le rôle principal fut donné à Giannetta Benozzi, l'inoubliable Silvia.

Celle-ci, en répétant, se désespérait de ne pouvoir parler à l'auteur de ce chef-d'œuvre. Il se trouve qu'elle s'en ouvrit à l'un de ses amis qui connaissait Marivaux. L'ami sut convaincre le dramaturge de rencontrer la Benozzi et se proposa de le conduire lui-même chez elle.

À peine furent-ils installés que Giannetta se plaignit des difficultés qu'elle rencontrait avec la pièce. Si seulement elle pouvait obtenir certains éclaircissements sur tel passage.

Marivaux alors, toujours sans se faire connaître, prit des mains de l'artiste le manuscrit en question et avec calme en détailla chaque subtilité.

— Ah ! s'écria Silvia, quelle finesse, quelle clarté ! Ce n'est pas possible, monsieur, ou vous êtes le diable ou vous êtes l'auteur.

Alors Marivaux la saluant :

— Je ne suis pas le diable, mademoiselle.

Que dis-tu, Araminte ? Tu veux en savoir plus encore sur le théâtre ? Tu penses comme certains qu'une pièce où le public accourt est un adieu à la création, qu'on use le succès jusqu'à la trame ? Mais voyons, ce n'est pas nous qui aimons le succès, c'est le théâtre. Quel théâtre ? Jouvet te répond : « Cet édifice, ce local dans lequel nous sommes, cette scène, cette rampe, ces vestibules, ces lavabos. J'estime avoir collectionné toutes les variétés d'insuccès avec des pièces qui en devenaient pour nous-mêmes enlaidies, avec des pièces qui en étaient embellies, avec des pièces qui restaient immuables. J'ai connu le silence sous tous ses régimes, la condoléance sous toutes ses formes, la misère dans tous ses perfectionnements. J'ai eu, au lendemain d'une première triomphale, une seconde avec onze spectateurs. Nous leur avons demandé s'il fallait jouer, ils se sont réunis au premier rang, nous ont acclamés à la fin, et sont allés tous les onze ensemble prendre un bock. Et je dois dire que l'ovation des onze spectateurs m'attire étrangement et que c'est toujours ces onze-là que je salue dans les triomphes. Mais le théâtre n'a pas les raffinements du comédien. Plein, c'est un génie. Vide, c'est un monstre. »

Enfin il me faut conclure. En finir avec ce monstre, avec ces monstres qui ne sont pas toujours sacrés comme vous l'avez pu constater. Quant à moi, je vois petit à petit se tirer le rideau dont le velours se troue de souvenirs plus ou moins heureux. S'en construira-t-il de nouveaux ? Pourquoi non ? Un rôle encore ? Sait-on jamais ? J'ai eu tant de chance, avoir pu être sur scène, au fil du temps : une jeune fille, une femme, une mère, et pour un bon moment maintenant une grand-mère. Jouer, n'est-ce pas rester vivante ? Surtout étant faite d'une façon qui me permet de me sentir tout aussi vivante quand je ne joue pas. Comme La Fontaine :

J'aime le jeu, le vin, les livres, la musique,
Enfin tout. Il n'est rien
Qui ne me soit souverain bien
Jusqu'au sombre plaisir d'un cœur mélancolique.

Ce dernier vers passe pour l'un des plus beaux de la langue française. Souvent j'ai cédé à son amère douceur.

Aujourd'hui je repousse allègrement toute forme d'apitoiement sur moi-même. J'ai trop souffert dans ma vie pour ne pas prendre les choses légèrement.

Les éléments mystérieux du destin sont là. Ils nous guettent. Il faut savoir les distinguer. Je rêve au parcours étrange qui me ramène dans le quartier où j'ai vécu avec ma mère les années de mon enfance. À l'ombre de l'église de la Madeleine où je fis ma première communion. À deux pas des trois femmes dont j'ai composé les biographies : Mademoiselle Mars, Julie Talma, Marie Duplessis. En promenant Basile rue Lavoisier, rue Cambon, boulevard de la Madeleine, je salue ces trois amies auxquelles j'ai redonné vie.

Le havre de grâce proche où je me suis réfugiée lors de ma dernière évasion ne m'a imposé aucun sacrifice par son nombre restreint de mètres carrés. En ouvrant ma fenêtre je vois celle de Marie, encadrée de l'ampélopsis qui escalade le mur de la cour intérieure. J'ai mes livres, la télévision, mon chien couché par terre discrètement le soir, et que je retrouve le matin sur mon lit, la tête appuyée à mon flanc comme un enfant confiant.

Si tout le malheur de l'homme, selon Pascal, est de ne pouvoir demeurer en repos dans une chambre, c'est apparemment le bonheur de la femme que d'en être capable. En tout cas c'est le mien.

Paris est si beau à l'aurore, quand je fais faire à Basile sa première promenade de la journée. Nous débarquons sur la place de la Concorde enrobée de rose, pour traverser les jardins des Champs-Élysées où les arbustes, les massifs de fleurs se mettent mutuellement en valeur. Je m'en noie les yeux. Je respire. Basile trotte.

J'ai envie de faire ce voyage en Norvège qui m'invite à visiter ses fjords.

J'ai envie de me promener sur les quais de la Seine, de visiter les musées. De lire ou de relire les auteurs que j'aime, et ceux que je ne connais pas.

J'ai envie de voir mes amis, de leur téléphoner interminablement, de rire en leur compagnie. Et puis, après ce petit livre… peut-être un nouveau roman. Juste pour la fierté d'avoir écrit le dixième.

Viens voir les comédiens

J'ai envie de rester assise sur une falaise face au ressac de la mer bretonne. J'ai l'espoir de toutes les découvertes…

« Il y a tant d'aubes qui n'ont pas encore lui. »

Proverbe hindou

DU MÊME AUTEUR

Aux Éditions Albin Michel

LA BALADEUSE, 1979
UN JEUNE HOMME ROUX, 1980
MARGUERITE 1925, 1982
LA FLEUR DU MAL, 1993

Chez d'autres éditeurs

AMI, AMANT
Plon, 1984
MADEMOISELLE MARS : L'INIMITABLE
Perrin, 1987 (Prix Robert Christophe)
LE ROMAN D'UN SOUFFLEUR
Plon, 1988
JULIE TALMA : L'OMBRE HEUREUSE
Laffont, 1989

La composition de cet ouvrage
*a été réalisée par l'**Imprimerie Bussière**,*
l'impression et le brochage ont été effectués
sur presse Cameron
*dans les ateliers de **Bussière Camedan Imprimeries***
à Saint-Amand-Montrond (Cher),
pour le compte des Éditions Albin Michel.

Achevé d'imprimer en mars 1997.
N° d'édition : 16302. N° d'impression : 179-4/161.
Dépôt légal : mars 1997.